陳泓名

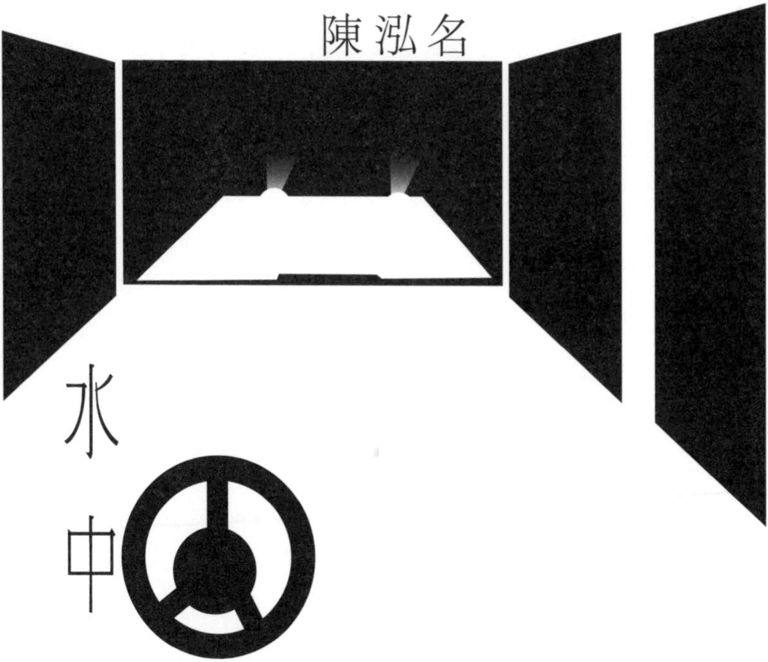

水中家庭

目次

名家推薦

一本環套式解構之書。作者先解構自身，跳脫原孤絕，隱喻性高的文字，在《水中家庭》改以清澈至湖底有光的白描，好行第二層解構。簡潔風格代謝推進的，是延續上世紀卡夫卡的公務員形象：後工業網路時代，由更繁複的發包、監造、利潤利息、混凝土坍度輸電網路交流量造出的，關於「秩序」的龐大骨幹。第三層為人際關係：兄弟，夫婦，親族同事與其輻射出的各自家族型態的拉岡鏡像式折射與對照（亦解構了數世紀積累的男性神話）。現代生活的水，為凝狀之水，窒礙混濁，是讓人逐漸動彈不得的水泥固化進程，陳泓名消融一切的最終步驟，是莫里斯・布朗肖於《文學空間》裡提及的讀者獨特的透明目光。被觀看後，被解放，如是滅與生。

——白樵（作家）

海上巨大的風力發電支柱塔、平台船、雪山隧道挖掘時源源不絕滲出的水——《水中家庭》所描繪的一切堅固事物都帶有漂浮的性質。在仿若暈船的無止境晃動和眩暈之中，小說靜靜疊合出人心深藏的真相。

——寺尾哲也（小說家）

這是一本難得以道路、水、電與公用建設架構出的小說，逸脫職業小說，轉指如同城市底下電網、水網及路網維持人們（或說社會）的內心。看似複雜卻是純粹的故事展演，真實虛幻，《水中家庭》是佈滿作者誠意的娛樂幻術。

——林楷倫（作家）

配啤酒、鹽酥雞一口氣讀完《水中家庭》，深刻地感覺到這是送給公職小螺絲釘們最溫柔的小說。

以前在公家機關碰過的前輩、承包商老闆，總愛開難笑的笑話、抱怨政客、抱怨法規……，但他們手握城市的未來藍圖，滿是工程規劃設計案、施工圖等。然而藍圖的願景再美，對小螺絲釘來說，不過是盡力讓事情正常運作而已，別被告上法院即可。

我無法想像自己的人生也變那個樣子，所以佩服陳泓名能將他們的痛苦寫下來。若感到痛苦，那就翻開《水中家庭》吧。或許能看見海面上巨大的風機，安靜卻依舊轉動著，沒有失常與正常。

——班與唐（小說家）

父親的葬禮

三十二歲之前，組成我人生大部分的元素，就是「聽音樂並且不停工作與讀書」，這三件事占據了大部分的時間。等待固定的節奏，落後但緩慢追回，調控整個工程進度，有時候感覺美，大部分的時候都只是向前，想說什麼，但是看見自己鏡子前的外貌，以及對別人的談吐，就知道我裡面其實什麼也沒有。

很抱歉，因為能言善道的人太多了，沒人想知道我聽什麼音樂，實際上，聽音樂就跟吃飯一樣，有些人把一口飯吃得頭頭是道，但我不行，因為音樂只是我找回固定節奏的一種方式。

咆哮，還是抱怨，都只是一種裝飾。這是我三十幾年來，從聽音樂得到的小小的感想。好像我有什麼獨到的觀察一樣，其實並沒有，三十幾年來，我專心一致，才理解這種微不足道的事情，雖然理解的當下很滿足，但也感到失落，對，就只是小小的失落。我再也不會講跟音樂有關的事情了，音樂與我接下來要說的事情，唯一的關聯就是，它是規律的。

在我很小的時候，我便明白，規律是一種神聖的價值。

七歲時，我不得不打斷父親與母親的漫長爭吵，因為上圍棋課的時間到了。

車陣中，父親的眼神疲累，車內唱片的音樂重複，下首歌播放前，音樂便已經在腦中響起。下車時，父親仍然記得提醒我：下車小心。

在圍棋課，我們不能第一步就下在中間，這是很重要的價值。無關乎勝負，勝負也許沒那麼規律，但是不能下在中間，有關乎為什麼圍棋發展這麼久。三、四百年來，以前的棋士用盡智慧理解出最有效率的圍地方法，如果你們繼續下中間，不照著定石走，那麼學了也是白學。老師這樣跟我們講的時候，我想，我的同儕們，應該沒有一個人懂，他們只想要趕快下棋，因為這樣才能擺脫課程。

唯獨我不想。

我想要繼續聽老師的課，不想下課回家。

當時，聽了這句話之後，我仍要求爸媽繼續讓我上圍棋課，直到小學畢業，就是為了聽老師繼續講類似這樣的規律。我想，如果一點一滴，逐漸理解所有的規則，那我應該會變成一個很棒的人，或者，接近完美的人。當然，我知道教條彼此都可能產生矛盾，但只要先記住，一定也有它的意義。就像學習講話一樣。

當我回到家後，首先聽到這些話。

「你從來都不把我、我、我、放在眼裡。」母親說出「我」這個詞的時候，用雙手用力刺著自己的胸口。「你瞧不起人啊？」

「是不是誰都入不了你的眼啊？」母親踢翻了椅子，父親的身子又縮得更靠牆了。

我心中知道答案：沒有啊，媽媽，爸他不是這樣的。

然而，從我去上圍棋課，到凌晨媽媽離開後，他都說不出一句話。

早上醒來時，家裡只剩下父親了。他用粗到不行的手指，抹了抹昨晚的淚痕，並且問起：「昨、昨天上課，老師教了什麼啊？」

陽光在父親的頭髮上。

我和父親說：「我會打劫了。」

父親問：「打劫？」

我說：「用那邊救這邊，圍棋的方法。」

鐵門打開，鑰匙撞擊門鎖，父親的臉明顯僵住了。我絕對看過這個場景數萬次了，連我都冒出冷汗，那是母親回來的訊號。前年，我插入他們的爭吵，徹夜之後，他們抱著我哭；前三個月，我再次插入他們的爭吵，徹夜之後，母親對我說，你們陳家聯合起來對付我；前幾天，我站在旁邊看，徹夜之後，父親沒睡的眼睛，愣愣地看著窗外的晨光。

我問父親，為什麼不和媽媽講道理，而不管我當時如何發問、如何反駁、如何解析，父親都只說：我只是想和你媽媽走到最後，走到幸福。啊——，完全不能明白，完全不能，為什麼他可以忍受呢？為什麼他總是要這樣忍受不合理的事情呢？難道，被蒙在鼓裡的是我嗎？有一陣子我很氣他，覺得他是廢人，覺得他活該，覺得他死好，這就是他選的。

「看我，你看我。」母親對著父親吼著。

父親抬頭。

「你眼裡根本沒有我嘛，你根本就在放空嘛！」母親說。

我吞了吞口水，想著：父親，你幸福嗎？接著，在母親即將踹開父親正在跪坐的椅子前，我走到他們旁邊，說：「我要上圍棋課了。」母親悻悻然地走進主臥室，摔著她的化妝品，玻璃破碎、水花飛濺，我走在父親的前面，領著他坐上車。

父親雙脣顫動，手握著方向盤，而我主動按了收音機的按鈕，匡噹噹噹，吉他聲非常地吵，我又主動把聲音調小，嗶嗶嗶。此刻，內心有種沉甸甸的感覺，看著窗外，小學生們走在電線桿與電箱的縫隙，成群結隊，突然間，我覺得，這樣非常幸福。這樣幸福的感覺，一直伴隨到我長大，都是這樣認為的。並沒有比別人還悲慘的童年，也沒有什麼遺憾，男人有許多隱忍的事情，這也不算什麼，這樣子長大，本來就很幸福了。

比同班的人都還認真學圍棋，又會拖著老師到最後一刻，直到爸爸說：再不回去，媽媽煮的菜都要冷了喔。直到母親離開了家裡，和父親離婚，我才漸漸減少去圍棋課，同時，我也逐漸忘記母親的模樣，但心裡也不曾在乎，而弟弟因為短暫和母親住在一起過，因此比我記得的多一點。我們從未聊過這個人，除非父親主動提起。

我很慶幸這些規則我都還記得，閒來無事的時候，仍然可以用手機下一盤棋。儘管在ＡＩ時代中，舊定石已經沒有什麼意義，但是對上段數比較低的對手，我偶爾還可以自己給自己激勵兩句。啊哈，我贏了。

我認為我的心智堪稱堅固，應該是有個喜愛在飯後跟我們說教的父親。我們家沒有電視，聽父親說話，就是唯一的娛樂。不用擔心，我們並不是被逼著聽，我與弟弟，阿清，都喜歡聽父親每一句話，直到如今父親走了之後，在他的喪禮時，想起來父親說，要記住你們老媽，要去找她，她其實很孤單。突然又藉由父親這樣蠻不講理的方式才體會了父親的真意。事實上，我認為我們都是很愛父親的，真的，活到三十幾歲，恨的東西沒有變少，但也沒有太大的恨，阻礙我活下去，我認為這都得感謝父親。

回顧今生，差點陷入沒有規則的地獄的時候，我認為有三個。

第一個是母親離開的時候，第二個是父親的葬禮，第三個是三十二歲的現在。

第一個故事我不是很想要講，那時候我很小，對於母親的記憶不多，相反的，被離家的母親丟回家的弟弟，應該對母親有比較多的認識吧，所以，對於母親的離開，我只記得當時我相當地恐慌，原因跟理由全都忘記了，那就只是一種純然地，孩提時期，對於死亡的突然認知。母親的離開，為什麼與死亡緊緊相連呢？這我也弄不明白，只是大學時期，那個愛心理分析，榮格還是佛洛伊德的課修了高分的女友，常常跟我說，這很重要。

當時二十二歲的我。

大學時期的我，把女友的話記著，放心裡。有時候想到母親，就會拿起來用一下，想到母親沒關係，這很重要。大部分的時候，想到女友那了然於胸的表情，我也常是分離出另一個我，看著我自己，突然這樣也了然於胸了。這是下圍棋時的習慣，在大學時期都學著去註冊圍棋網的會員，每個月瘋著去報名棋院賽，網路上比賽比較多，一個下午下來，還可以下到五、六盤。下完棋就去接女友下課，吃晚餐，隨意聊了天之後，晚上繼續研究棋譜。

父親也幻想學會下棋，時常跟我說：我學一下子也可以，有什麼難的。但是父親的工作在二〇〇六年之後，卻又更忙了。通車的兩年之後，在二〇〇八年的年底，那時候我在大二的暑假，父親開車要去宜蘭的路上，突然說不想要走雪山隧道。

我問為什麼，父親才說，他怕水，經過雪隧那幾批工班後，他都怕自己被淹死。

在山裡面被淹死。

在長長北宜公路的路程中，三小時到南方澳漁港吃飯的路上，父親說他其實早就失業了，他只是偶爾接接模板工、抽水車點工的工作，但他也很慶幸他失業了，因為他再也無法忍受出碴、湧水或者小規模坍塌的撤離訓練。一九九一年剛進工地時，所有人都徒手工作，拿著手提式鑽機，向岩面設置炸藥，撤離，並且進行全斷面開炸，落碴用鐵牛車運出來，一次在山洞裡面工作十小時。父親說，自己的肺應該有問題，因為吸進了不夠多的空氣，又吸入了粉塵。這期間，父親與母親結婚，生下了我，又因為父親太少回家，母親帶著弟弟離開。

一九九三年，我四歲，父親二十六歲，父親開始抽水，每天都有水，無盡的水，抽了三年的水，抽到第三年，終於把全斷面挖掘機拆除，改採用鑽炸法開挖，當時也是他結婚之前，在擁有我、擁有弟弟、擁有已經離開的妻子之前那是早在人類會挖掘山洞時，就會採用的工法，非常古老。因為太多水了，連全斷面開挖機都無法推進，只能採用以前的方法。隧道鑽掘機（TBM）在十九世紀被發明，在建造英法海底隧道時，聲名大噪。三年後，引進臺灣進行技術轉移，但是響亮的名聲終究被雪山隧道脆弱的岩脈所摧毀。

「技術轉移？」我在快要暈車前問。

「陌生人到你家施工，總得拿走什麼回去吧，你看通馬桶師傅通馬桶，下次可以自己試看看。」他說。

「具體要怎麼做才能轉移？」我無視父親的廢話。。

「外國人做東線，我們自己做西線，一邊做一邊學。」

「聽起來很好，各取所需。」

「但最後這臺也才用了六年，有個屁用。」

「至少有些理由吧。」我說，記得那時候還在讀大學土木系，「這麼大的工程，億來億去，各式各樣的教授或是技師，為了這六年，應該也是評估後才決定吧，不然那些規劃報告書是空白的嗎？」

「不可能，那些都是給官員酬庸。」父親說，「你還太年輕。」

我忍住翻白眼的慾望，很奇怪的是，我總覺得跟父親聊天，才會引起我的某些很不滿的情緒。平常的時候，就連身邊的女友都稱讚過我說，就是因為看我沒什麼情緒，感覺交往起來，不會太黏或是太累，才最終選擇了我。但是和父親說話時，父親那種硬下結論的時候，我每次都無法適應。不過，弟弟阿清總是提醒我，誰都會硬下結論，打屁喇賽而已，別那麼難聊。

父親終於坦承，他早就已經結束坪林的工作，那些什麼後續的路面維護、抽砂工程，都是父親為了掩飾而說出來的話。我很同情父親，他為何要說謊呢？我們並不在乎，他究竟有沒有工作，儘管我未曾懷疑他說過的任何話，原因都是作為土木業的一員，他算是現地的大前輩，摸過的水泥比我們看過的水還要多。父親講箍筋該如何綁、業主如何省料，我也都會記在心中。原本以為，父親說了這些，我自己似乎會感到不滿，但事實上，什麼都沒有消失，反而多了點同情心，竟然會為了這種事情瞞了我們這麼久，父親依然完整地存在那裡，我依然尊敬他，阿清依舊會與他抽菸，那他是為了什麼而努力呢？其實根本不需要做這些啊。

放下了某些重擔，感覺他的影子，變得更薄一些，他說，接下來就靠你們了，我老了。二〇一〇年，父親失去了所有活力，那時他四十四歲，他說著這些的時候，我們並沒有感受到什麼，單純認定是跑累了、走累了，只是在操場邊喝杯水休息一下。那趟去宜蘭的旅程，他都相當開心，純粹享受著閒逛、拍照的樂趣，甚至還去百貨買了雙快一萬元的登山鞋。

他拍著阿清的肩膀，走到我面前。

身上還有菸味，含糊地說：我要退休了。接著伸展筋骨，彷彿把棒子交給我後，就退到旁邊的草皮開始喘氣。

而我自己，也開始著手各種畢業的事情，畢業也是某種清算，而且要花費許多錢。大大小小算下來，清償學貸後，我算了算，必須再多接打工了，並且確實減少紀念性的飲食。而我認為，我的女友也很聰明，她離開了我，因為我並沒有多餘的心力陪伴她，反而得由她扶持我，她說：感情就像是樹，如果樹已經夠大了，那麼它可以發揮支撐、妥適保護的作用，但如果它尚未長大，那麼它便需要各式各樣的關懷，陽光、充足的水以及合適的溫度與濕度，若是缺乏任何一種，那麼樹就長不大，就會永永遠遠地缺乏下去。我覺得十分合理，便答應了和平分開，當然，那使我掉淚很多次，只是如今，我已經感受不到任何意義，才能用這樣冷淡的方式說明。

我問她：「我——妳、妳可以和我說，我的問題在哪？」

她說：「不，不是的，問題不是問題本身，我看到的是你。」

「是我做錯了什麼嗎？」我問，「還是有什麼能讓我學習的心理理論？」

「不知道是否有那種東西，但我想，那也不適用我們。」她說。

我歪頭想著，沒有嗎？嘗試去定義一個永遠無法定義的事物，並且產生分歧，這不就是學派的本質嗎？白天上課的時候，我也想著這個問題，晚上打工時，我騎著車，經過了長長的線道，彎入市區的巷弄裡面，鑽過停滿了機車的路，靠著鐵門停下來了。打工前，我總會提早二十分鐘抵達，看著老闆給的褐色公事包裡面的資料，坐在機車上陷入長考。

那時候的思考就像是做夢，夢裡面，我們會自殺，會掉下懸崖，會失去道德，會和不是女友的人做愛。我無邊無際的想任何事情，甚至計算父親死後，會留下哪些財產，檢視父親的身體，思考著糖尿病與心瓣膜脫落，四十五歲的他，可以保哪種壽險而不會花太多錢，他抽菸，又有多久能活？可以早點去死嗎？我會想阿清，但是想到他餐飲科畢業，又想著要如何巧妙地斷絕關係，千萬不要要我養他。

我是長子，現在父親不幹了，於是輪到我了。

打卡機發出機械聲，上面顯示一排時間，一切瞻妄都會在打卡的時候停止。所有的疑問都會停止，不，這樣講錯了，只剩下一個疑問，那就是我到底怎麼了？這不是一個探詢式的提問，它沒辦法只是放在心裡。

我認為，這個提問是有生命的，有生命就會帶來擾亂，擾亂就會失序，而失序會帶來更多擾亂、有機、擴展。畢業前夕，我又修了隧道工程的課，以及畢業所需要的學分，但是隧道工程比我想像中的還要複雜，期中考也沒有考古題可以依循。

事務所的工作，再加上平常學業的難題，導致我累到在走廊間吐了出來，為了掩飾，我還趕緊去廁所拿拖把，才把剩下的穢物嘔在馬桶。

我看著馬桶的空洞，上面漂浮著廚餘殘渣。喔，原來這也是隧道淹水了嗎？關心我為何考差的教授寄了一封信來。

我回他說，我只是需要調節，因為完全失去了之前正常應對的機能。那時我相當驚訝，原來，規則偏離了這麼遠，仍然會有些規則，更向下、更深淵的地方，目標向量不變，就是落下的引力存在而已，便能帶來我自己的本質的改變。

期末的時候，打工的事務所工進逐漸落後，我亦寫信向教授請了兩三堂課的假，白天的時間，得去現地向甲方公務員承辦解釋，工作時間雖然是破碎的，但一周下來，耗費在事務所的時間加總起來，也接近四十個小時左右，將近頂上一個正職的量。匆匆考完期末考，老闆下班後帶著我們去吃居酒屋的約，我騎著機車，只記得抵達的時候，老闆點了一瓶清酒，外加一人一瓶生啤，老闆說烤魚現撈，也招待我們這一整桌的人啤酒，我與承辦人對喝，誰贏了我不記得了，我只有印象居酒屋的馬桶裡面貼著藍色的清潔皂，大概吐了三次，後面全都只記得只有噁心的感覺，頭痛，酒精留在血液裡。

隔天在事務所的沙發上醒來，手上有殘留的檸檬胡椒的味道。

打開手機，教授傳來成績信。

六十分過了。

那天上午，我洗了澡，回到事務所，繼續打開群組以及看點工有沒有確實回來報昨日的出工單。騎車的時候，還是有點飄，我並沒有進食任何東西，因為胃已經十分脆弱，脆弱到稍微震動都能感覺到，它有種被過分壓縮嘔吐的乏力。在工地，我看他們把水泥灌入模板間，水泥在固態與液態之間，一坨、一坨掉落。穿著雨鞋的主任踩著模板，並且指揮怪手緩慢推移水泥。

看著水泥逐漸乾硬，我感覺自己好像好了點。比我還要巨大的涵管，被陽光曬傷，凝固，就會好一點了，我又逐漸取得一點規則。看書吧，我一定要看書，不能對不起教授，也不能對不起我辛苦打工來的學費。

晚上，我又去了聚餐，老闆以及科長對喝，我們都很開心。那一個晚上我沒有吐到斷片了。我知道該怎麼躲酒，該怎麼輪著喝，以及不要把啤酒與清酒混起來喝。學習得很快，很好，我對著自己說。硬掉的地方有些空洞，水泥裡面有氣泡，破裂、降伏、蜂窩狀的缺失。我並沒有不開心，而是硬掉了。看書，白天晚上都在看書，有時也會翻翻諮商的書。

那天晚上，我打了電話給前女友，她沒接，但是傳了一則訊息說：「幹嘛。」

「妳說，感情是樹對吧。」我回她。

已讀五分鐘，我接著打。

「那是羅哲斯講的吧，他講的是人，不是感情。」我打。

「不要再傳訊息給我了吧，拜託。」一小時後，她回。

黃老闆說，女人就是這樣，告訴你一堆似是而非的東西，但事實上，她們自己根本不在乎，也不記得自己說過什麼，總有一天她會問你，你覺得呢？你才會知道，她們只是要人認可她們而已，問題是什麼不重要，重要的是，你早就是個自由的人了。我說，老闆，我快活不下去了，這樣下去，我得要去當兵，然後據我所知，土建業只有大學畢業，是根本進不去中興中鼎的。

去什麼中興中鼎，你甘願只領薪水嗎？黃老闆說。我不知道怎麼回答，但是老闆拍了拍我的背，因為喝了酒，我的臉感覺很熱，但是老闆的手也很熱。我贊助你讀研究所，老闆說，不用怕，你繼續讀，然後去當兵，當兵後如果我們還沒有倒閉，那你要不要回來都可以，但是一定會有你的位置。

乾杯。我不知道我有沒有好好地舉起手。老闆接受眾人的祝賀後，坐得更靠近了，你是我見過最認分的實習生，從你的言談，也知道你是個很有條、條理的人，你知道嗎？我們這一行的人，只會用手做，東西做得再漂亮，也比不上那些用嘴、用三張紙就可以換到幾億契約書的人，我們比不上，比不上。但是肯做工，就不會死，做工是餓不死的。

老闆活得比我久，懂的規則比我多。

他說，我並不會死。

黃老闆親手證明了這件事情，他除了給我去年的薪水，外加三個月的獎金，如此一來，我可以相當餘裕地繼續租房，並且也不用考慮搬遷的費用，趕在最後一刻，報名了研究所考試，旁聽幾門必修課，想辦法讓自己在工作之餘能繼續讀參考書。

二〇一一年，我考上了研究所。依然是成大土木所土木組，看著某些人剛剛才畢業環島回來，拿著手搖飲坐在教室裡時，我便感到一種奇異的空間違和感。

看著他們，我感覺自己似乎回歸了某種平常狀態。工作時聽音樂，閒暇時看書聽音樂，廣板多、弦樂多的那種背景音，耳朵有時候還會聽到發炎，流耳油。下班前，我會拿起手機刷一盤對弈，老闆叫我過去時，我就會退出對戰，因為我不想要浪費對手的時間，不過就會被懲罰性扣積分。

時間正在增長，每天都重複做著一樣的事情，那時候，我理解真正不會死的意涵，並且見到許多並不會死的人。好比說雄，雄相當地認真，他會看著板材思考良久，這時候任何人跟他說話，他都會答非所問，連老闆也是一樣。有時候公開的場合，老闆會斥他，有沒有在想啊？但是私底下，會拿這位已經任職二十五年的老員工，激勵我們，他就是不會想東想西，才能夠專心，專心才能把事情做好。

是的，聽著音樂並工作與看書，組成了我人生大部分的內容。

我算了算，義務教育影響一個人的初始，但是工作這件事情，得要從二十三歲，持續到六十五歲，整整四十二年，所有人皆然，不分宗教信仰、省籍，還是學科興趣，因此，該怎麼辦？我想，這些新鮮、唐突而稚嫩的質問，也會隨著時間過去，漸漸地不再關心這些問題吧。二〇一〇年到二〇一一年雖然感覺很漫長，但與剩下的四十年相比，天哪，一定會成為微不足道，或者是被一句話就可以總結的時光吧。

想要活著，就得好好工作，想要好好工作，就得聽著音樂，才能繼續做下去。

想要理解這一切，就得讀一堆的書，比別人都還要努力數百千萬倍。有時，會被自己逗笑。

第一次感覺，我的樹應該已經硬掉，是等待紅燈，耳機裡面傳來搖滾樂嘶吼的時候，我回憶起來，以前大學時期根本不聽這類型的音樂，但現在長途騎車的習慣，我得要有人的聲部，才能繼續等待紅燈下去。

隔年年底，二〇一二年，馬英九連任，我和父親吵了架，老闆發獎金給所有人，我慶幸投對了，並且感覺勝利，研究所辦理離校手續的隔天，兵單就寄來了。老闆又辦一次送別會，在熱炒店，喝啤酒跟燒酒，喝得我又開始擔心老闆的肝，並且偷偷提醒老闆記得去健康檢查，他笑著說好，科長揪他尿尿抽菸，他在外面抽了二十分鐘，不知道得燒幾根。

離開事務所後，我把家具打包寄回去，吩咐阿清請他把行李放在我的房間，他電話裡露出為難的情緒，他說：爸他現在非常不想要見你，可能會扔你的東西，最好不要把值錢的東西寄回去。我這麼一聽，只好把東西上網賣了，尤其是會掉價的電子產品。一年是個相當大的單位，電腦效能不佳、鋰電池壽命會減少、東西會蒙塵，而人會停滯不前。

事務所包括老闆都說，你最好帶一本書進去看，想了想，就把只有讀到一半的隧道工程筆記拿進去，等待接駁車的時候，覺得靠北，有夠重。

放假的時候，我到大學同學「馬哥」家住一兩天，當成旅遊。他正在找工作，金融業直到年末，看起來都沒要從〇八年的金融危機恢復，我們看著電視，青年失業率來到十四個百分比，他想趁著別人都在當兵，自己免役體位的優勢，趕快早其他人一年入行，結果卻遲遲都等不到工作。

「真慘啊。」我說，「真想幫你去抗議啊。」

「比慘也沒有我們這屆當兵慘。」馬哥說。

四個月後，我看著晚進來的菜兵退伍，心裡真的很幹。每次覺得幹的時候，我便只能想其他事情，像是隧道之類的，想著被派任雪山隧道的工程員，工作的半輩子，都在做隧道，耗費了近二十年，那是什麼樣的感覺呢？會變得和我爸一樣廢？每當我開始想像，就感覺自己更自由一點。當然，看見其他人先退伍，也會感覺自己被禁錮了。

研究著雪山隧道規劃報告，我突然好奇起來，為什麼父親要恨馬英九，或者說，恨他的工作呢？在四十四歲離開了工作場合，如今他也四十六歲了，難道他並不會感覺自己與其他的朋友有什麼違和感嗎？當所有人都在聊著怎麼去投資，或者去還房貸的時候，他早就撈出自己的勞退，他是感覺勝利的，還是感覺失敗呢？抑或是什麼都沒有？

他不足的點在哪裡？時時，我讀隧道工程的開挖章節時，就會想到這個問題。

我想起區隊長，對著快要失控抓狂的新兵說：「你對著我們抓狂，情況也不會變好的。」抓著新兵的肩膀時，如同抓著他的腦袋。預計一生都在軍營裡奉獻的區隊長，說出這樣子的話時，所有人都被那態度說服了。

是不是父親早就後悔了？

那個快抓狂的新兵，下部隊後我們混得很熟，甚至即將退伍的兩個月前，兩個人投飲料機時，一邊喝著舒跑，一邊規劃要如何去削陸客的錢。

「名哥，你看起來很有主見，但也沒什麼主見欸。」新兵說。

我抓了抓頭，「幹，現在軍營裡是白癡版本的我。」

他家裡是觀光港的遊覽車派遣公司，平常跟司機混得很好，他看我學歷還不錯，慫恿我去跟他一起賺大陸人的錢，我負責內帳，他對外，我們是很常一起出差的朋友，說實在的，我也被吸引了。

我並沒有包袱，哪裡有錢，我便可以考慮往哪裡。這是我認為出社會後，獲得的一個重要的規則，因為人們有夢，所以被限制，例如想要過得生活有品質，因此選擇去當銀行白領，但是實際上薪水大概只夠付房租三餐，更粗重的工作會讓他卻步，或者莫名地心生恐懼，覺得創業失敗怎麼辦。抑或是拿夢想當作職業，為音樂、為創作、為攝影，打著少少的零工，連早上八點起床都辦不到，日夜顛倒，卻不知道如果自己能夠更有效地利用時間，就不會兩者皆失。最後回頭過來還是得靠自己的家人拿錢。

所以，想要錢，是一個最單純的慾望。不要更複雜了，錢很單純，它付出便會獲得，不要貪心，小心慎選，就能緩慢向前，並且實現大部分的事情。

拿到退伍令的晚上，我並沒有直接回去臺北，而是跑到馬哥家中，跟他一起看電視，看電視似乎已經成為了我們平常聚會的主要活動，說也奇怪，以前在大學的時候，總會跟馬哥一起打魔獸到半夜，或者一起打健康麻將，晚上改打PS3，而我們都快要滿二十六歲的時候，卻像我們彼此的老父親一樣，每天只會打開電視，任時間流逝。朋友說，那是因為看電視雖然無聊，卻不會累，要是像以前拓荒農一個王的時候，還得拿DM來算DPS，很累，大家現在都要上班，玩個遊戲何必呢？

「看電視就好啦。」馬哥說。

「說的也是。」

「而且打電動身體會僵著，你看我這裡，每個禮拜都要找人去喬骨。」他指著自己的背。

「幹你才幾歲？」我說。

「不然你幾歲？」他回嘴。是啊，快二〇一四年了，我幾歲了？

「跟我講在哪裡，我也需要喬，背快痛死了。」我說。

「說真的，名哥，我真的沒辦法像你這麼認真。」馬哥說。

「是嗎？我太計較了？」我問。

「不對不對，我是誇獎、誇獎你好嗎？」馬哥說，「我都沒看過你休息，都在讀書，幹背包每次都有夠重，裡面放這些書，靠北。」

「我才覺得你都不用讀，能夠畢業也是祖先香火夠你揮霍欸。」我說。

「是吧，但我快爆炸了。」馬哥轉頭看我。「借我你的結構學筆記好不好，我媽逼我一定要去考高考啦。」

我發現他也硬掉的時候，並沒有感覺遺憾，而是欣慰。如果一個人學會硬掉了，那就代表他或多或少，具備了能夠繼續在就業市場裡面，拚到六十五歲光榮退休的潛能。事實上，我認為極少一部分的人具備這樣的能力，像是雄一樣，在制度裡面成為一面硬牆，是我們這種覺悟太少的年輕人所沒有的。

退伍的第二件事情，就是打給老闆。老闆說，讓我們在事務所裡面聊聊吧，但不用穿正裝。

隔日，我仍然穿了正裝去找他。

辦公室推積著文件，但是不是那種裡面蓋著新鮮的印章、潦草的筆跡那種，鮮活的辦公狀態，灰塵明顯厚重，但是因為沒有人，所以陽光透進來，這裡像是一個簡單而陳舊的布景。老闆在晤談桌，那是當初我面試的小桌子，泡了兩杯老人茶，我有些驚訝熱水竟然還能用，老闆說，這是從家裡泡好帶來的。我向老闆道謝，伸手拉自己的椅子坐下，並看著他。

黃老闆說，公司收掉了，因為我去當兵的一個月後，賴市長又換局長，新局長看到底下人都在跟廠商喝酒，全都送考績會。所以小陳沒了？我問。老闆搖頭。那洪科呢？老闆說，他沒事，這老頭腰力很好，但代價就是，我們得全部避風頭。

我看著茶杯裡面的茶梗。想著，原來這就是因為時局而改變的感覺嗎？我很感謝黃老闆，讓我學到了一個時代之前，土建業的工作精神，不分上下班時間，上班工作，下班交陪感情，那個感情的確是真的，我曾經與洪科長、老闆與小陳一起上廁所，他們都有家庭，清明連假的時候約好了要一起去屏東露營。他們精神一體，像是家人，也許真的是家人，或許他們在估驗的時候，或者是上頭長官不滿意，被逼著變更設計，害得我們全都要加班處理，黃老闆也時常錯過與妻子孩子的晚餐時間，但是他們仍然彼此相處像家人，當時，抖完尿尿，小陳洗完手，在洗手臺附近等大家，像是個哥哥一樣，聽話懂事；而黃老闆則是洗了手，用屁股擦完手之後，兩個人搭著肩膀離開廁所。

當回憶出現時，我便想起父親的逃離，或許是這樣，父親因為太專心一致了，才會像骨牌一樣，一碰到就倒下去了？或許，父親心中本來就存在著那個不安的因子，只是他想辦法藏起來，沒有了隧道可以做，就只好繼續當個憎恨一切的人。

小陳哥，不知道被判了幾年。也許黃老闆也不好過吧？我想。不知道他們的老婆小孩怎麼想。

大學時，當時離開的前女友，蔡雅新，她在我們畢業時便已經結婚，但是時常會在臉書看見她說想死。每一次看到時，我就會饒富興味的思考，啊哈，她老公一定頭很痛，娶到這種女人。後來有了第一個孩子，在我當兵的時候舉辦婚宴，朋友告訴我時，好像是不小心聽見了什麼驚人祕密一樣。

這兩個月，我重新加回她的好友，她也同意了，畢竟是四年前的情人，不重要，比陌生人還陌生。時不時，我還是會看見她，向教友們祈望代禱。我確實地認真看過她的每一篇貼文，不論只是隨手分享，還是底下一堆人祝福她的代禱，我都感覺不安。

小陳哥，你結婚了嗎？我面對小便池，嘗試擠出最後一滴尿。小便斗感應到了，水沖了出來，腳踝涼涼的。

「你們現在、現在還好嗎？」回到破舊的辦公室，我問。

「嗯？」黃老闆抬頭。

「需不需要被調查、出庭之類的……，法律我不是很熟，但或許我可以幫忙。」

黃老闆笑了，好像這個一瞬間，才懂得我在焦慮什麼。他豪邁地笑出來，那是他在跟洪科對喝的時候，或者是吆喝著我上來划酒拳時，都會發出的聲音。溫熱的手拍著我的背，他說：還不用你來擔心我們呢，我只是把公共工程收掉而已，公家的案子我們不做了。你不知道吧？我之前是室內裝潢起家的，後來才拿乙級營造牌，肯做工，就不會餓死，我們這種造橋鋪路的人，雖然不能大富大貴，但是溫飽起碼還是可能的。

或許被改變的是我的腦袋。

或許不安的因子放著，有些人就能共有一生。

二〇一四年年初，我動身回臺北，路上我一邊看著求職網、PTT，以及高考補習班資訊，那天夜裡車子很晃，背包壓得我的小腿很痛，裡面參考書很尖，黃老闆留了話說，希望我能再考慮考慮，待在裝修業裡面，等風頭過去。

我很喜歡黃老闆，但說實話，我並沒有裝修業背景，一切得要從打雜開始，已經畢業很久了，不能再繼續下去了。車子打著鼾聲，我看著車子堵在五楊高架，一面看著學運的新聞。

新聞照片裡所有人汗水淋漓，像是經過了一番惡戰。只有裡面傳出來畫面，我連換了幾個粉專，想要看看裡面發生了什麼。車內燈打開了，響起了注意手機錢包行李，即將抵達三重站的廣播，後面的人用氣音悄悄談起學運，扯到民進黨利用這些學生時，我很怕旁邊的人開始因為這種話題吵起來，又躲得更裡面了。

車子停下來後，市民大道讓我感覺有些冷。

想要走地下道，遠方有Y15入口，我繞了一圈，等紅燈亮，右轉車先通行，小跑步到入口才發現，裡面一片漆黑，看起來已經停止通行很久了。我繞下去，裡面有微弱的幾盞燈，像是隧道，腦中讀過的那份初步回顧雪山隧道設計報告與服貿這件事情，如同神一樣引領著我向前，耗費了許多人的數十年，耗費了數億的分析，數億的執行，以及無限綿長的政務生態轉變。

媽的，哪能這麼輕易啊，看著睡在附近的人，我想著。

背包裡面的書，在疲累的腦袋反覆播放著讀過的字。中興顧問公司，設計從臺北到宜蘭的公路，辦理了十六孔鑽探，研議避開地質風險區域，用傳統鑽炸法開挖。神的數千張鱗片之一，在雪山隧道的路線評選階段，已經有無數個單位建議避開破碎之乾溝層與四稜砂岩地層，以純粹的技術觀點來講，整條公路應該向北，越向北，地質越好，但是卻得拆遷更多民房。

「這是國內工程師最感棘手難以克服的非技術性問題。」

四周在下雨。

這句話，像是音樂，播放播放播放，直到我闔上了眼。

回到臺北的數月內，最不習慣的是，利用機車通勤的族群，得要克服濕冷的上班以及下班時間。我確實看見父親了，身體與心靈已經快要瀕臨極限，他時常感到恐懼，在公寓搭乘電梯的時候，總需要推估到有人按了電梯，才敢跟著進去，到後來，連自己走樓梯都會害怕樓梯會不會垮。我扶著他，但不知道要扶到何時，總不能是永遠吧？

讀書，並且反覆用聽音樂的方式，播放到自己的腦中。

我是我的腦的工程結構。

肉體運轉，都為了腦。

累了，就會讀一讀雪山工程的結案報告書，當消遣。九十年五月十一日，清理抽坍碴堆以及預備灌漿時，開挖處湧水，岩層抽坍，當時，工地主任被活埋。榮工公司七個月後才復工。我不清楚父親看見了什麼，但他此刻，一邊看著電視，一邊哇哇叫著，背好痛、背好痛。

扶著父親的時光不長，二〇一六年年初投票，我去投了，弟弟也扶著父親去投，我最後屈服父親的意思，也跟父親投一樣的人，服貿結束後，民進黨勝了一次區域選舉，我敗了一次，這次不是很想輸。二〇一六蔡英文上臺後，父親也去世了，很奇妙的是，父親似乎在人生的最後，又找回來了人生的規則，開始對我與阿清說教，他說，這時候不說，以後也沒人唸我們了。

讀了很多資料，眼睛反覆的發炎。我去眼科拿了眼藥水，確定父親離開後，所有讀過的資料才具有意義。眼睛變差了，但似乎，找到了一種看待世界的方法。我對自己感到好奇，原來我也是那麼精細的生物嗎？統計表格寫著十三次受困，耗盡一切後，雪山隧道，會被記得什麼。

原來我正要前往那裡嗎？揉著眼睛。

當兵回來的阿清，我弟弟，在經過我這樣敘述後，他說：「我覺得爸很可憐。」

年底，我考上了彰化水務局，準備赴去彰化。在坪林的朋友說，他們的水源都斷了，大乾旱的時候，整片茶園都枯死一半，你看雪山隧道每天要抽多少水，施工的時候又倒掉多少，六百億的工程費，卻得要讓茶農從遠處接管水源。

我明白，我全都明白，父親過世快滿半年，我有時候會看見雪山隧道的新聞，那時候就會滑開手機，打個兩把圍棋。阿清考上了船員，我祝福他，還有去臺中港送他一程。感覺父親死去之後，我們能談的東西變得很少，匆匆吃了早餐，他就上船了。

我的東西不多，因此心很輕。

眼睛、背、坐骨，這些都帶在身上。

我騎著車，想著臺中港擴建工程的資料，到職前，我還是找了很多工程資料，事先讀過了。總感覺，好像有無數個父親正在誕生。不知道為什麼，明明父親早就已經離開我們了，但又好像在這些看起來模模糊糊的數字內。馬哥沒考上國考，老早就跑去獵人頭公司，只要有接觸到風電工程的，就會興奮地和我說，欸，你知道這一塊現在真的超級賺錢嗎？接著便悄悄拿出一頁信件截圖，並且說，這個是有簽保密條款喔，不能給別人看。我問他，你要內薦我嗎？他笑了笑，像是我們一起坐在沙發上面，看著永遠看不完的電視一樣。

是的，此時此刻。

二〇一六年

當我發現自己正在建造著什麼的時候，那時約僱的小許正拿著一疊五本的工程契約書，在蓋騎縫章。接近年底了，很多工程完工都還沒開始，列管一堆，科長很焦慮，每個人都在忙，此時，我經過他的身邊，看見他埋首在數疊工程契約書、服務建議書、圖資以及他轄區內的各種公所的公文。

好像用紙張建造著什麼，他的身邊疊成堡壘。

我看見他快速蓋上印章、翻頁、蓋在對折的兩頁、翻頁、蓋上。

弟弟阿清的訊息出現在電腦右下：「爸的房子，要怎麼辦？」我想了想，還是暫時把這個訊息關掉。趕快把騎縫章蓋一蓋吧，等等來把書看完。

一本契約書通常約五、六百頁。我坐回位置上，感到有點焦慮，晚上乾媽的私人教室的孩子被邀請到我家，一邊共進晚餐，一邊想要請問我土木類科相關的問題。

「我現在覺得很想死。但你不要跟我媽說。」前幾天，他說。

「不會說的。」我點點頭。

「阿名哥……，你以前，有想過自己要幹嘛嗎？」他問。

「嗯……，以前，我滿喜歡玩我爸的工具箱的。」我說。

「喔——所以才選擇土木嗎？」他說，「那我可能也會選土木。」

「你先別想這麼多。」

我把他面前的參考書攤開。

畢竟學測將近。打著一些筆記，我思考著一些最簡單的道理，其實，應該沒有這麼困難。我們建設，不只靠混凝土與鋼筋，還有成堆的紙。厚厚的書，一本本在我的面前，我想起了一個最簡單的例子：流量係數 $k = C_1 D_{10}^2$。

這個經驗公式是一九一一年被提出來，用來算土壤的滲透係數。簡言之便是討論水在土壤流動，滲透的速度，因此有時候在水利相關的科系，也會被視為流速的一種表現形式。今年幾年？二〇一六年底對吧？已經過了一百餘年了，而土壤沒有變化，研究不需要更精細，就像是有些人小學的時候，會被補習班老師逼著記圓周率後十位數，但是等你成為工程師，你只需要記得圓周率就是三，或者要學會按計算機上面的π。建築物仍然屹立，這個公式還是被繼續使用著。

午休過後，小許走到我的座位旁邊，敲敲我的辦公室擋板，「該走了吧？」

「好，我拿個手機。」我跟他開著公務車到他的轄區會勘，本來是他的案子，不過既然有會勘，我也打算隨著他去看看，反正之後也會轉接手給我。小許應該近期就會提出辭呈，等明年後，也許未來都不確定。路上，我跟他聊著今晚準備要去開導高中生的事情，他面露難色，抓頭想著該怎麼回應。

「你打算這樣跟他說喔，」小許一手開著車，一邊摸著他的鬍子，說：「我知道你最近準備技師有點焦慮，但這樣跟高中生直接說，是可以嗎？」

「不知道。」我說。

「你就跟他說，畢業以後就知道了。」小許說，收音機裡面的音樂是五月天，他的愛。

「我最討厭聽到這句話了。」我說。

「這樣一來，他就不再會煩惱畢業後的事情。」小許說。
「這種話誰都可以說啊。」我說，「那他找我幹嘛？」
「你很想要有什麼成果對吧？但，他只想你認可他而已。」小許打著方向盤。
「最好有這麼簡單。」我說。
「想被認可很重要啊。」小許回應。
我們經過了縣府，右轉，進入了中山路，大佛在身後遠離。路上人車混雜，市場附近的人群，隨著陽光移動。不知道為何，這一年來，我幾乎沒有遇過雨天，那幾乎是水工處不可多得的幸運，如果下大雨，地下水道的管涵水深太高，就會無法下去，或是探測不到淤泥。一邊聽五月天，小許聊著他老家，他提到那個時候高雄一九七〇年有三千家工廠，其中楠梓、鼓山的水泥廠，不停地把半屏山的水泥挖出，提供人力、資金、區位，給其他高雄的工廠們更多的鐵船、煉油，直接升級成為第二個直轄市。
「不過後來真的太臭了，半夜偷燒水泥都聞得一清二楚。環保局一早來，也查不到。畢竟氣味是無法保存的嘛。」

我問，「現在都消失了嗎？」

「對啊，但真的很感動啊，小時候，半夜經過工廠時那種閃閃發光的聲音跟勞動感，有活著的感覺。」

「我聽得懂，但說真的，這種感覺說給別人聽也覺得你很怪。」我說。

「誰知道呢？」小許說，「高中生的彈性也許比你想的大。」

「嗯哼。」我笑著。

小許把車子停在大埔截水溝。漢銘醫院附近的截水溝大約寬兩三米，橋上長著草，我們在車上張望著，就是沒看見立委助理那群人。截水溝就是水溝，把一整個區域的側邊道路的溝渠、下水道管涵的水以及最重要的地表逕流蒐集起來，有時候污泥雨水混合，會很臭。聽說前幾年還是綠色的，雖然經過了相當一段時間整治，但是臭味這種東西是一翻兩瞪眼，有點臭跟臭到天理不容，都會被投訴。

「這裡？」

「不是嗎？」小許埋著頭滑手機。

「反了啦，另一邊。」我指著地圖。

「靠北。」

我們趕緊跳上車。

繼續驅車前行，沿著介壽北路的防汛路面，路邊是一個個前庭寬敞的透天、鐵皮屋。兩側長著乾燥棕色的草，我有點想起死去的祖父說起的那個故事，關於祈禱以及燒開一整片山頭的故事。我說，走錯路時有八九，上次那個誰也把車開到——故事思考到了開頭，我們便看見一群人站在截水溝旁邊。截水溝長著綠萍。助理拿著板子夾簽到表，我和小許分別簽了名，另外污水科、工務處、公所的人也有到，現場大約十來個人。小許靠在橋邊，看著水面，在水面浮著綠色浮萍的地方，也有淤泥、灰黑色的油光。

我和小許按下錄音機。先是區公所的人解釋了想要爭取這個區域的加蓋，除了因為很多人抗議惡臭之外，主要是可以擴寬為兩線道。這一段區排大約四公里多，我們沿著河走，小許向議員助理解釋，區域排水加蓋的原則就是交通，有這個需求就會請工務處提出。「這裡被抗議很久了啦，你們也知道我自己的壓力。」助理說，「不能盡快嗎？」

一群人走著，工務處的人正在跟議員助理解釋其他事情。

「這裡淹過水吧？」我問。

「是啊，之前跟第四河川局調抽水機，還有待命過。」小許說。

當時，雨水溢滿路面，水如同瀑布一樣，從介壽路的防汛河道汩汩流下，我想。這裡曾經淹過兩三次水，路面也因為高速公路不平整，狹窄的防汛道只能通行單向的車，不過卻因為接到高速公路，所以常常也有車會行經這裡。一切改革都是巨大，小臭味也是大改革，我想，這單位有時候真的很精實。

如果要處理公路問題，那麼就會有拓寬、拆遷，以及如果這裡變得嶄新，那麼原本河流的臭味問題，就會被更加放大，並非單純要處理淹水而已。我想，如果這個案子是要整條路重做，那應該得要整個水資處出來了。不，應該是縣府，一整條路跟河川全都得管。

哈，我又笑了，有時候真討厭自己會突然冷笑一下。

助理說告一段落，上了車，為了不耽誤到五點半下班，我們彼此下了一個再議的結論。我也和小許回到車上，啟動引擎，先前播放到一半的〈擁抱〉，再次「我愛愛愛別走」。

沿途經過這個截水溝，冬日晴天的水流量不大，浮萍漂著。路邊有些雜物垃圾，我想著它們的未來，後來又想，這也是公所要去清的。管他的。

這樣其實很健康。

過年前，小許邀我一起去參拜，在民族路關帝廟也有主奉文昌，我們點燃火焰，看著炷香燃燒，一爐插三支，有時候我會回想，究竟是何時染上了隨手拜拜的習慣，或許就是二〇一六年，與小許成為同事的時光，讓我一點一點變成一個會記得定期祈禱的人。

和小許會勘結束，下班打卡，趕去了私人教室。和家教學生的人生會談，並沒有尖酸刻薄，也沒有鼓吹鼓勵，我只是靜靜地讓那個高中生，像是緩慢添加爐中的柴火一樣，守爐一般，讓他說著自己為什麼要選擇這個科系。

他說完後，就不再迷茫了。

我們吃著附近的蚵仔麵，我問小許，最後他決定要去哪個地方。他說，他還是喜歡學術一點，之後會去把研究所念完，然後做顧問公司。顧問公司通常在公共工程方面的設計端，也就是最上游的拿到工程標的那端，它們會與底下的營造廠配合，把各個階段的工程完成。而其中，大部分的工作都不需要學術只需要規範的時候，顧問公司則是在設計時就得要學理分析可行性等等，用程式跑應力分析、動力分析——他說。

「之後大埔的案子也會丟到我身上，明明我已經放風聲要走了。」小許說。
「是啊，不要離職，繼續做啊。」我說。
「不不不。」他笑著。
「你會回老家嗎？」
「對啊，去高雄。」他說，「我都查好了，反正我只要是讀結構相關的，出來也不怕沒有工作，你知道最近都在造船嗎？」
「造船？」
「風機船，也是船公司那邊的朋友說的，他們現在在研究如何把風機零件放到船上，底部的基礎、塔架、三片葉片，每個大概都是三十層樓高，大概兩個大佛吧。酷吧。」
「你要去做嗎？」我問。
「做啊，外商價碼欸。」他說。
「想不到你也是這麼有夢想的人，那怎麼會來縣府。」我笑著說。

「賺錢啊。」小許說。
「給家人嗎？」
「還有給自己。」
「你有一個問題。」我說。
「你說啊。」
「我覺得大埔那個案子會怎麼樣？」
小許想了想，回答：
「進到設計股，給顧問公司設計排水溝，然後跟工務處合作共同設計道路，路邊房子要拆掉還是搬遷，還得召開聽證會等等的，應該也要五、六年以上吧，怎麼了？」
「太麻煩了吧。」我說。「那一定會落在我頭上啊。」
我們經過高速公路下，車子突然停下來。
就在狹仄的小引道抛錨了。

我和他在高速公路下試了老半天，提出各種可能性都不對，都找不到原因。我抬頭看看旁邊的立柱，水泥砌成的巨大圓柱支撐著二十幾米的公路，理所當然地存在著，並靜靜地震動，我突然發現，這裡就是大埔截水溝的盡頭：洋仔厝大排。城市的盡頭，就是無人的海濱，垃圾堆積，大排邊擠滿了水。

小許踹了駕駛座，很用力地踹，他說，欸，不要在旁邊只是看著啊，來幫忙。我問，幫忙什麼？幫忙踢它嗎？踢啊，為什麼不踢呢，反正車不是你自己的，而且它現在秀斗了。我小心翼翼地握緊拳頭，突然敲下引擎蓋，像是趁這臺破車沒注意，給它迎頭一擊。小許喊，哇啟動了，快上來，我和小許小心翼翼地踩著油門前進，最終看到修車廠時，兩個人像個孩子一樣高興地大叫。

二〇一七年二月中，過年後，小許離職，我的技師考成績出來，榜上無名。

阿清放棄和我溝通。

老爸的房子，要怎麼處理呢？我其實也沒想法。自從開始工作後，其實對於以前的事情，就都很難提起興趣去管了。但要全都給阿清管？我也覺得太可惜了，賣一賣也許自己還能分個三、四百萬。

我繼續把小許遺留的事務承接下來，坐在座位上我改著合約內容，有時候累了，就打開手機看一看新聞，我翻閱著網路上找到的風機船應力計算的公開閱覽版本。主要提到「如何避免風機機組運送風險」、「取得海事保證鑑定MWS」，總共分為三個層面，七十二小時內氣候限制操作、船舶適航條件、構件海上繫固，其中，讓我感覺到奇妙的計算方式是這個：OPLIM。

代表載具或是設備的極限條件，也就是這個物品被設計出來的最高效能。但效能需要考慮環境因子α，而這個環境因子，就有許多條件可以講了，例如波高、風速、流速等等，這個是可以測得的固定涵數，另一個條件則是「操作時長」，如十二、二十四、三十六、四十八、七十二小時都有對應的α值。但在這個表格之外，我看到一件事，如果是七十二小時以上的海事操作，就會被稱作「非氣候限制操作」。簡言之，人工操作的影響，最終也是氣候的一環。而這個界線，在人與非人之間，也有個明確的界定，也就是七十二小時。

應證了那句話，像是機器人一樣工作。

大埔那個案子，讓我想起了大學畢業時，爸爸說過的故事。因為我和阿清的爺爺，會拿香燙小時候的爸爸，久而久之，他就很害怕點火的東西，以至於身為工程師，每天看著同事飯後吞雲吐霧，自己連一根菸都沒有抽。父親在外面，也不見他拿過任何一次香，因為他拿了之後，手就會不由自主的抖起來，一整天身體也會很不舒服。

爺爺去世的那天，他則是長跪不起，線香裊裊，我覺得他在祭拜的是那三根燃燒的炷香，畢竟誰都參照不透，爸爸的心中，到底有沒有爺爺，還是爺爺遺留下來的陰影。

終於大埔排水溝案進入細部設計，我們開了審查會，工作小組們是我的同事及後輩。最後終於順利招標，在呈報處長的時候，我聽見他們說了小許的事情。但沒有聽進去，我有點害怕他們批評小許，因為我認為小許的離開，雖然沒有明智之處，但也沒有任何錯誤。

「吃飯？」同事問我。

「那個有泡泡的餐廳嗎？」我問，有泡泡是指，餐廳老闆把整個吃飯環境營造成臺版小美人魚。

「對啊。」同事說，「你怎麼去？」

「我載股長吧，我等等過去。」我比了比後方。

「好。」他們嗖地一聲，便離開了。

關於α值，其實這個很早就存在了。緩慢的推進時，環境會影響我，但最終操作還是會慢慢完成。未來幾年，不論是二〇一八年，還是二〇一九年，時光還是會繼續進行。小許也終於會從碩士畢業，然後找顧問公司，找到自己的環境，漸漸地，我們的薪資水準大概會在三十五歲被分出勝負，他會上升到八萬左右，而我大概還停留在七萬，除非再升上去其他職位。

「老師，老師。」學生推了推我的手。

「啊？喔。」

「學測考完了。」學生說，「我覺得考得還行。」

「那之後也不用繼續上了吧？」我問。

「對啊，之後的事情，之後再想。」他闔上書本說。

「那你想做什麼？」

「從頂樓把書丟下去。」他說。

$k = C_1D_{10}^2$。這個規則乾淨而簡單，存在一百餘年，沒有更複雜的參數表，沒有更長的小數點後位。被使用在透水級配、土壤滲透率、巨大梁柱下方的土壤，像是一座冬日會落雪的山，白靄靄天剛亮，單純而自然。

海水滲透進書本的毛細孔。

紙張緩緩浸沒。「你要這樣扔？」

「只可惜這裡不是頂樓。」他說。

「這裡很漂亮好嗎？」我說。

遠方，風電工程船，正在建造著測風塔。

不論如何，小許去了哪裡，我認為自己似乎變得更傷感了，究竟是個人主義式的無力感，還是有更多看不清的事情，總之，對於要完成一整件自辦監造的工程，儘管同事都笑著和我說，嘿，是真男人就是要來做工程，但我仍感覺，心理變得敬畏的同時，也變得有點盲目地害怕起來，我並非要講大埔這個案子很麻煩、耗費時日，不，任何東西都存在著技術。

並非所有人都是自願在這裡的，一個個蓋章，把影本變成正本，把紙張變成水泥，在所有人的注視底下，緩緩地建成一切。我們都有工程的眼睛，看見了巨大的建物，內心就能得到清潔。如同高樓下看著玩具積木般，因為裡面有他人的一生。

那日我和小許通了電話。他說，考上國營，研究所不去了，要去臺電。

我問說，要約個吃飯嗎？

他說不了，明天就會下彰化風場去了，這工作比想像中的還要累，因為有時候得看天氣才能入港，半夜回港，如果潮汐狀況不允許，還是得在外面等。

「好吧，沒辦法約就算了。」我說。從水務局騎車回去，與臺北生活的方式相當不同，首先是晚上的時候，街道像是自己延伸出去的空間一樣，空氣中帶著某種植物的清香，如果時間允許，那我還會在外面跟同事喝個小酒，再回去租屋處。而臺北就十分不同了，因為臺北是一個相當固守各自領域的地方，因此，就算是鐵門緊閉的銀行騎樓下，還是有種應該要趕快離開的陌生感。

那天，我和小許聊了很多。原以為他要重新念研究所，不過反倒是同時準備的臺電先考上了，多方詢問之下，才被一個工務局的前公務員喊著說，趁你自己還年輕，還只是二十多歲，趕快去臺電之類的國營累積年資，一下子就會咻地超越高考三等喔。

考量到薪水，總有一天得要買車、總有一天得要結婚、總有一天得要買房，我很佩服小許，笑著讚美他。他也快樂地接受了，他說，只是聽說隨著風電計畫，會搬來搬去的，一直到整個計畫進入維運期。

他也是一個不喜歡改變的人啊，但是如果工作要求，好像也只能接受了。

我說，別不知足啊，這個國家工程做一做，搞不好可以升到總工去，到時候你就坐著命令別人就好了。

忽然，他語重心長地說：「名哥，我覺得你也可以啊。」

突然被他這樣鼓勵，我反而有點不知所措。他說，不就是讀書嗎？你還是國立大學畢業的，我這個逢甲土木的都可以上了，你一定可以，要不要考慮讀個一年試看看水溫？我問，是、是這樣嗎？但是再考一年也不是不行啦⋯⋯，你會建議我去考嗎？非常建議，他說，當上了股長、科長，不也是為了那一個月六千、八千的獎金嗎？還得要扛責任還有被議員念，那倒不如趕快跳來國營。

「你現在再不跳船，民進黨就要年改囉！」小許講。
「真的會改還假的啦？」我問。
「誰知道呢，但是這種事情不也是說改就改嗎？」
「哪有那麼容易改……」我說。
哪沒那麼容易改？小許說，你看看前年服貿被直接搞死，蔡英文上臺之後，你知道陸客預期會掉多少，之前我還打算如果沒考上，就要去賣大陸人的手機殼回臺灣，原本想說這種工作，同業們都不想做，趁著這一波成本下調，趕快早點進場。結果談了大概十多萬的手機殼，被學生這樣一衝，對方也不敢繼續往下談。我能想到小許那個表情，不屑一顧，拿著筷子，向天空一指，你沒有看電視，平常也要看新聞啊，現在反年改、轉型正義，通通都會殺到我們喔。啊，沒有我，我已經跳船了。接著他開心地歌唱起來。
通常執政黨到第二年、第三年總會有個大動作，他說。總之你把書拿著讀，是不會虧的。

掛斷電話後，算了算自己的職等，想了想未來的處境。父親已經死去了，阿清已經出去跑船一年多，應該薪水很快就會超過我，聽他們說，跑船的年薪可以來到七位數。想了想自己年薪可能過好幾年才能破八十萬，不知道多久才能到百萬，公務員又不能兼職，清算了一下父親的房子殘值，與現在正要付的房貸正好抵銷，沒有賣的必要，但也沒有住的必要。

我重新拿起書。

四月初，天氣開始轉暖，阿勃勒有快要開花的跡象。

監造在狹窄的車子裡面說八卦，他說臺中水保局現在亂得很，甚至工程清單裡面，還開蘋果給自己用，不是吃的蘋果，是蘋果手機喔，工程查驗就是去喝花酒。

我聽，想說哇靠哪有這麼誇張的事情，自己連廠商的車都不敢坐，還要開車去載他們。監造說，風氣啦風氣，每個地方都不太一樣，但這地方想招待承辦也很困難吧，又不像是臺中，還有KTV可以去，坐在駕駛座的廠商說，蛤，你想去喔，這裡也有小吃部啊，待會帶你去，不要管他。廠商指指我，但我也只是笑著。年輕的監造則是笑著推開廠商大哥的手，他說，媽的一定都是老阿嬤。

「就是前面。」

下車後，我們看著橫躺、拆到一半的圍欄。

「這個你們得要收啦，」監造看著施工柵欄，「你把路圍了，不施工，不用一兩天，民眾就會來靠腰的。」

「基本面要注意一點啦。」我說。

去年八月大雨，草開始長，因為有大大小小的問題，因此除非整條截水溝重新拓寬、加蓋，並且徵收民用地來維持路幅，否則，我們一直都在做很小的、無效的搶救。每年的固定清疏，並且維修堤岸，但俗話說，如果預計要花個一千萬，那麼繼續在這裡花十萬又十萬來修一點小東西，又有何用呢？我想，但或許國家政策太高深，我也根本領悟不了。

總感覺，好像停留在剛當完兵的時候。

自己以前所學的一切、應用，就停留在大學時期，去黃老闆那邊打工的時候，手裡面學著的工地的知識，到了公家甲方這裡，反而都變成只是在經手行政雜事而已，我不禁這樣想，如果我那時候繼續答應黃老闆，在他身邊待久一點，會變得與現在完全不同嗎？或許我就真的得要加更多班、跑更多工地還有寫更多計畫書。但的確這樣的環境，更適合讀書。

意識到這點後，我便上網買回之前賣掉的書本。

既然這裡是最低點，那麼其實也沒有什麼可以再留戀的。是的，我已經徹底理解工作之處，就是毫無成就感，我們跟任何人建立了連結，像是廠商，像是監造，像是同事彼此，都可能因為上位的上位，而彼此折磨。並沒有什麼可以期待，也因為如此，我們也沒有什麼可以失去，我想，成為公務員便是如此。

「你的價碼是多少？」監造問。

「什麼，沒聽到。」

我低著頭，寫著查驗的會議紀錄。

會議結束後，阿勃勒開花，跟著阿勃勒盛開的右岸防汛道路，一路騎著機車，空氣裡面都是新鮮的草味，我停不下來，一路向前，河道越來越寬，截水溝變成區排河面，進入洋仔厝的流域。

因為水面太廣闊了，我感覺到一種無上的震撼。

越靠近出海口，泥沙越來越多，流速變慢、變緩，代表著單一水體的能量下降，但是運載的整體卻變多了。我繼續向前騎，林相改變，草多林疏。路到了盡頭，是段左彎，堤防在前，我下了車，坐在那邊良久，想起自己短暫的二十九歲人生，我並不是一個迷信的人，但是此刻我感覺，似乎是某些意志特意為之，才讓我抵達此處。

我感覺到了所有事情，都把我推到此處，因此我久違地拿出手機，下了一盤棋。一盤結束後，對手棄子，贏了二十多目，我又點了下一盤，一分鐘，馬上配對到了對手。八段，讓我兩子，下了三十分鐘，白子大龍被殺，中盤崩潰，這次我自己按投降。下一盤，只持續了五分鐘，因為網路太爛了，我自己按掉重排，最後星星出現了，夕陽在遠方的海面，露出微弱的光，像是星光。

二〇一六年，我回顧起來，是一個很爛的年，也許吧，真的很爛。父親最喜歡的民進黨上臺了，但父親也去世了，葬禮雖然簡單，但是後面的遺世處理還是花了一筆錢，阿清離開了臺灣，說要去跑南美線，我不是很瞭。

我自己考上了公務員，卻又打算辭掉。

二〇一六年，阿爾法圍棋打敗了李世乭，年中，柯潔在網站的積分，下滑輸給了阿爾法圍棋，沒有感情的時代好像來臨，一切的無機物，都是有機物的鏡子。高樓向下一看，人們仍然是一顆顆小棋子。情感以及坦然的念頭，像是風一樣灌入我的腦中，以及胃裡的飢餓，像是野獸驅使我繼續向前。

其實沒那麼複雜。

放榜後，家教學生考上了臺大。乾媽請我們吃大餐。我們去臺中三井，看著大船，在港口占據了大面玻璃窗外的風景。「阿名哥，你接下來可以教我圍棋嗎？」學生突然冒出了這句話。「很有信心喔，都考上了，幹嘛還要上？浪費你媽的錢？」我說。「現在圍棋最強的是誰？」他問。「人類的話，柯潔吧。」我說。「那我大學要去圍棋社團看看。」他說。「大學就找個女朋友約會吧，下圍棋太宅了。」我說。「老師沒有女友嗎？」他問。我搖搖頭，笑著。

隔天，便提出了辭職。

後來，在租約到期前的最後日子裡，每天早上八點起床讀書，讀累了，便去海堤下棋。

二〇一七年

想不到第一次參加婚禮，就是馬哥，這位最聰明與狡猾的大學同學。

他帶著新娘到處敬酒，大家比伏地挺身，我在最後關頭仍然輸給了馬哥，但是，大家都很開心，生平第一次，我還和他擁抱了一下。他顯得非常不好意思，兄弟，我先跑一步啦。我點點頭，說，去你的，早生貴子啊。

中間休息的時候，馬哥偷溜出來抽菸。

「你不用去看你老婆喔？」我問。

「拜託，以後要看好幾十年，不急著現在看吧？」他說。

「幹——不得不說，我很佩服你的勇氣。」我說，「哪來的懶趴敢結婚？」

他抓了抓手臂，想了一下，突然嚴肅地說，「我也不知道我哪來的勇氣欸？」

「可能是股票真的做起來吧。」他說。

「少、年、股、神、是你？」

「但我真的不敢大意。」他慌張地揮手，第一次看到他這樣。「不是說人到一個高度就會謙虛嗎？我看了身邊太多神仙了，現在我只想專心跟老師學。好好學。」

「那你——，之前說的獵人頭主業還會做？」我問。
「一半一半吧，反正你還有需要也可以找我。」他說。
「況且，股票也是作風電相關的，九九五八，世紀鋼，這支你可以看一下。」
「我沒在玩股票欸。」我說。
飯店內，跑出一個女生，大喊著，新郎呢？新郎呢？馬哥露出一個嫌惡、有些不可置信、又帶著憐憫的語氣說：靠北，你不理財，財不理你。接著，就隨著那女生回到了會場內。我手上這根菸還沒有抽完，只好把它插在菸灰缸裡面，供著。就當我上輩子的福，馬哥還報明牌給我，要惜福。甜點上來後，我才發現剛剛跑出來的女生，是馬哥老婆的閨蜜，化工系畢業，現職永豐保險業的女生，彩初，很少女漫畫的名字。
那天婚禮後面很亂，我們這幾個新娘新郎的好朋友們，晚上被拉去一家極為隱密的酒吧。在包廂內，我們玩了很多遊戲，依稀中，好像也被親了幾次。
二〇一七年年底我就這麼談了戀愛，快速地確認彼此的心意，就墜入了交往、約定一年後準備結婚。事情很突然，我明白，我也對其中的玄妙感到無法理解。
就像是我接到入職通知後，發現自己的存款，終於到了十萬元後。
想起了馬哥的明牌，那天就辦了證券戶，因為招考到臺電梧棲分處的職缺，附近找了房子。
幾次和小初約會，最有印象的是和她的媽媽一起吃飯的記憶。
我和她們吃飯的時候，她的媽媽向我講起了身世，甚至哽咽了起來。我有些不知所措，但還是好好地安慰了她，而彩初，我都叫她小初，小初則是在忍耐邊緣，唯一吐出來的話是：「累了吧？我叫計程車先送妳回家。」
「不要，我還想多認識一下阿名。」她的母親真的這樣說。
「不行，我要妳回去。」直到小初真的擺出了臭臉，她的母親才坐車離開。
「很可愛的媽媽啊。」我說，其實自己也不知道要怎麼打圓場。
那是我們交往過程，唯一吵過的一次架，或者說，我看見與她最深奧難解，最好永遠不要觸碰的難題。實際上，我有意識地忽略了許多東西，才能維持感情關係，像是這時候，我便不能問東問西，連她母親在哪個教會、信哪種神也不能問，問問題，儘管是一種了解他人的方式，然而，對於他人，並不會感覺被了解，而是被剖開。這是我認為，幸好在三十歲之前，就能夠理解的、微小的規則。

事實上，我不需要知道全部的她，不需要。

我知道，我們只需要關係，關係並不需要理解。如同起初學會說話，尚離上學還很遙遠的孩子，與他們的母親之間的相處，也不需要理解這樣繁複的詢問。是的，孩子感到渴的時候，不論打翻水、打開水龍頭，抑或者只是哭說渴了，母親便會拿水給他們，這就是一種關係的純粹。而這樣的關係，會隨著時間過去，加入了社會性的因素，像是讀好書、說好話，成為一個好的、良善的人，便會彼此憎恨。

也因此，在很久後我回頭，重新檢視以前人生時，我好像有點知道，為什麼我好像會和小初與她的孩子，越來越陌生。或許那時候，小初生著氣，離開了餐廳，我追上去，她說你根本沒有了解我，並且頭也不回，騎著她自己機車離開，那時候放棄的東西，可能就是這個。

讀書時，我一直想起黃老闆，不曉得為什麼。聽說他的老婆原本也是老師，後來嫁給他後，跟著他一起做土建業，投標時，需要專任工程員，黃老闆的妻子便自己跳下去畫圖，最後甚至還考上了土木技師，有時候會看見他們臉書，兩人一起戴著工地帽，在挖方的模板裡面，拍照的模樣。小初最後也會變成這樣嗎？

「啊！」

「妳在哪裡？」停電了，宿舍裡面一片漆黑。

「先不要動，我去找妳。」我說。突然，在浴室與房間的中隔，我抓住她的手。她無聲地看著被抓住的手。「妳會怕嗎？」我說。「不會啊，我愛停電。」她笑著說。「啊，你不是在工作嗎？電腦有存檔嗎？我先去把泡泡沖掉。」說完，她就回頭，摸黑打開水龍頭。

我沉默了良久，突然不知道下半句要怎麼接，好像先前準備好的話語，都成為了某種空虛的口號。原本我想對她說，就算停電了，也沒有關係，因為我想要跟妳一起生活，因為我們是螞蟻，脆弱沒用的螞蟻，只能為了一點一點薪水，多五百元獎金，就開心得不得了，月薪多三千塊，就願意努力讀書考試一年，捨棄下班時間，不出去玩、不看電影、不生活。我知道妳也是螞蟻，妳母親也是螞蟻，我們都很脆弱，但也只有螞蟻，才能跟螞蟻在一起。越是明白，好像所有的知識都沒有盡頭，事實上，我們根本不需要知道太多。我就只是坐在辦公室裡面，忙著貼照片，忙著把招標文件一個一個選項篩選出來，然後再被退回重新修正。有時候，我們出席市府單位的纜線遷移會勘，站著挨罵，但仍然說，遷移請按照施工次序進行。

有次序地，邁向結束。

我感到很悲傷，於是我說：「可以抱我一下嗎？」

她愣了一下，看著我，說：「我還在洗澡欸。」

她還是抱了我。

我感覺自己是個脆弱的生物，比螞蟻還脆弱。回去的路上，我再次想起黃老闆，想起他曾經安慰過我，女人會告訴你一些似是而非的事情，但是，事實上，我連自己要說什麼都辦不到了。我想起小初，難過了一下，身體濕答答的。

儘管我們沒有明確地確認關係，或者說，沒有所謂那種告白方法，但我很確定，我希望和小初走完一生。

下午離開港邊的時候，我便會去永豐底下的便利商店，那邊附近的咖啡廳時常被占滿了位置，等待保險業務員，或者是保險業務員等待著誰。見面後，我們會一起吃晚餐，有時候周六會上教會，結束後到她的住處做愛，那時候她的母親總會跟著下午的教友研究課，所以她的家裡自然會空出來。

原來那次是八一五全臺間歇性停電。

我的手機不停響著，處長跟瘋子一樣，到處找假日還能夠回訊息的人，我有看到，但是我沒有讀，那時候，早上我們打開窗戶，讓風灌進來，躺在彼此的身上，看了一部電影。

中午時，我們去吃飯，在漆黑的小吃攤裡面，聽著老闆一邊碎念，一邊煮著意麵，沒政論節目可以看，他們自己鬥嘴，老闆跟客人在吵，幹嘛不蓋電廠，臺電都是酬庸官二代。客人嘖老闆，你又懂？

我載著小初，感受到風。

有著小初陪伴的日子裡，時間過得很快，二〇一七年很快就過去了。年中，阿爾法圍棋贏了柯潔，三比〇全勝，自此，電腦從未於對戰人類時，輸掉任何一場比賽，柯潔這個十七歲、世界最強的棋手，在機械面前，也未產生任何反光。

比賽結束，柯潔一個人坐在棋盤前，行著圍棋裡面最古老的禮儀：「雙方在比賽結束後，應坐在一起覆盤。」

他的手撐著額頭，苦思一個劫。電腦已經關機。

全世界的圍棋手都耽誤了那天的午餐，並第一次與天才有了共感，機器是不能戰勝的，只能開始向它學習。

從那天開始，人類不再是機器的導師。

黑子第五路開局後，馬上點三三，這是後阿爾法圍棋定石，全網路上遇到的對手都這樣下。因為勝負，所以本質與規則都被改變了。

在臺電工作滿一年，我們一起慶祝，並且向小初求婚，拖了一周的煎熬等待，我問，為什麼當初願意跟我交往，她說，因為你快要哭的時候，很像小狗，我覺得很可愛又好可憐。後來她答應了，連著結婚一起答應。

「但我想要再等等喔。」她說，我記得那一餐是小火鍋。高級。

「我想要等我媽媽死了之後，才結婚。這樣對你比較公平。」

好像也問不出口為什麼，我們便在一周後結婚。

「恭喜啊，阿名，這麼快就輪到你。」馬哥說。

婚禮辦得很樸雅。沒有和男賓客的伏地挺身，也沒有夾豆子比賽，我只記得，那天的紅酒因為剛拿出來，澀得很。因為小初沒有等來她母親的死，所以她也留了一個遺憾。這場婚禮，我們只找我們的朋友、同事，所幸，他們的紅包都包得滿大方，最後，我們沒有虧本，小賺了兩萬元。預計為小初肚子裡面的孩子，再辦一次滿月宴用。我是年頭出生，二〇一七年結束，我已經滿三十歲了。小初比我大二歲，她滿三十二歲了。我確定，不能再次換工作了。

我得在人家訂下的遊戲規則內，好好地往上爬，好好地趕快升上去，或者被獵人頭公司獵去，做外商的工程師，才有三到四倍的薪水。二月，總公司裡面營業處決標了「離岸風電第一期計畫」，上頭懸著的心安下來，下頭的我們才準備要開始動工，決標金額兩百四十九點九億元，意思也就代表，這將近兩百五十億將會用於開發二十一架風力發電機。從總公司分配下來的各項小工程，就會是我所需要跟著前輩一起做的。從水務局跳轉到臺電，儘管有些不習慣，在第一年快要結束前，就得開始負責大工程的監造。

風能業務並非只是像樂高一樣建造。臺灣由於沒有工業能力，要在搖晃的時候，或者水下焊接，得要有甲級焊接的資格，但是，如果現在在臺灣開始徵人，一定也不超過幾百個人能夠馬上用。另一方面，臺灣沒有船，因為不像是英國，附近有油田，有建造自升式平臺船、固定人員平臺船的需求，所謂的平臺船，就是在海中央，把船周圍的四到六支腳架，在監控的情況下，在海床上固定。

沒有任何資源的情況之下，一切的開始是二〇一五年，能源局訂定的「離岸風力發電規劃場址申請作業要點」，二〇一六年，開始向前推擠，目標於二〇二五年完成五點五百萬瓩併網目標，開始建造示範風場。當年，漁民補償法生出來了，但是示範風場打樁的聲音，卻影響白海豚生存，中華鯨豚協會開始監測附近海域，發展出新的產業MMO鯨豚觀察員，而技術面仍然持續發生，成大的郭玉樹副教授帶著學生衝刺科技部的各項政府研究。我的桌上有可行性分析書、規劃報告書，心想，原來如此。

「如果沒有特別的意義，那滿月宴的錢，就省下來吧。以後肚子裡面的孩子，也可以用在學費上啊。」我說。自己的存款勉強來到四十萬，小初的存款還在十萬出頭，兩個人沒什麼本，小孩生了又是一筆開銷。

「留下來你要放哪？」

「我想開始做股市了。」我說。

「你想做什麼族群？」她問。

「風電類別。」我說，「世紀鋼現在還能漲。」

人一輩子要花多少錢？

小初發給新的客戶的傳單上，開頭寫，假設二十二歲大學畢業就開始工作，六十五歲退休，八十五歲死亡的話，需要多少錢？

每個月九千元的生活費、八十萬的一臺車、五百萬元的生子、一千萬的購屋、每年三萬旅遊基金、根據衛服部統計平均的醫療準備金三百萬、喪葬費五十萬、交際費一百萬，總共算下來，一輩子得要花四千萬。這不是假設，而是每個人都這樣，逃不了。

說不要很簡單，但生存不允許。

看著這個表，我突然感到某種振奮，那是我記得，大學時候，隔天便要期末考，喝了無數咖啡以及紅牛，大約在凌晨三點時，會感覺到某種生存的動力一樣。突然間，我感覺此刻不能不做些什麼，那時候，整個算下來已經凌晨一點了，隔天八點要晨報，從我跟她同居的地方過去，要一個鐘頭，加上刷牙洗臉，已經沒多少時間睡了。但我那時候，深刻的覺得，睡覺很可怕。

同時，我又更討厭父親一點。

如果父親生前願意再努力二十年，那麼，我們至少還養得起一個孩子。那天晚上，我夢見一個真實的夢，說是真實，因為它完全發生過，那是阿清剛回到家裡的時候，父親讓我陪他洗澡，是我們還相當幼小時悄悄發生的事情。因為，是阿清第一次說起母親的事情，我們彼此不會談，也不會跟父親講，或許因此而才忘記了。

阿清說，媽媽喜歡上的那個男朋友，害他很無聊。

「你有想過，媽她自己為什麼那麼不負責任嗎？」我問，我那時候八歲，阿清六歲。

「不負責任什麼？」

「她都拿爸的錢，」我說，「是爸跟我說的。」

「那是她自己的。」阿清說。

「你有什麼證據嗎？」

「那你又有什麼證據？」

「爸說的啊。」我說。

「他們不是吵架就是在說謊，你幹嘛信？」阿清說。我拿臉盆打他的臉，因為我認為，他的臉就像是媽媽，只會偷錢。阿清也反抗，但他的反抗很微弱，我的手馬上就反抓他的手，將它們往後折，他快要叫出來時，我又推開他，讓他去撞臉盆。因為他很瘦，所以沒受什麼傷，但是我第一次發現，人憤怒起來，會像猴子一樣，他的頭破皮，嘴角流血，身高比我矮大概十五公分的他，爬到我身上，抓著我的脖子、肩膀、眼睛周圍，就是猛抓猛打，我能推開他，但是推是沒有用的，因為他將抓住任何東西，並持續向我衝來。我甩了他巴掌，他也朝我的嘴揮了一拳，逼不得已，我兇惡地看著他的眼睛，指著浴室門外說：「這裡是誰家，你他媽最好知道。」一夢裡面，浴室外，似乎有隱形的父親，看著我們。

夢醒，我流淚，第一件事情，便摸了摸小初的臉。她本來就很淺眠，緩慢睜開眼睛，說，你做惡夢了？跟誰打架啊，都打到我了。我說，對不起，眼淚又流了更多。她拿起衛生紙，拍著我的背，一邊問說，你夢到誰啊？

「我夢見了我媽。」我說。

「小初，我保證我不會像我媽一樣，讓我小時候經歷的事情，發生在我們的孩子身上的。」隔天，世紀鋼迎來連續一周的大漲。

——

把報告書放到一邊，小初煮起了蔬菜麵。

我看著她的背影，想到，其實我們也才認識大概三、四個月，就已經結婚了。她一邊炒菜，一邊說，我星期一請假了，上頭的人暫時換了。我點點頭，但其實我從未了解他們公司的運作，永豐這麼大，總有工程保險的業務部門吧？她說：「來幫忙。」

「以前，我還沒有出生的時候，我的父親，就是保險業。」

「嗯。」我看著熱氣蒸騰。

「所以我現在覺得，做保險業好像是一件壞事。」小初說。

「不、不會吧？」我探問。

「也許不到壞事那麼誇張。」

「我也覺得。」我說，「畢竟這根本不是妳的錯。」

「我明白那不是我的錯，但是我總覺得，一直做這個職業，總有一天會遇到他。」她說。「但除了繼續工作養家，我還能有什麼選擇呢？你說。」

我不知道怎麼回答。小初則是蓋上鍋蓋，水蒸氣、植物油飛濺的聲音，突然小了許多，只剩下空氣在鍋內熱對流，她說，悶一下，去裝水。我從水龍頭裝過濾水，看著她的表情。

她繼續解釋：你說的也沒錯，要是有一個人什麼都懂，那他一定很不知所措吧，因為他所了解的大部分的事情，都毫無用處。是嗎？我說。我總覺得她好像有點講到我身上了，也許是我的錯覺。

「我沒有辦法再回去過和我媽一起生活的日子了。」小初說。

「既然她沒辦法從我的生命消失，或者馬上去死，那我就要離她有多遠就多遠。」

水倒入鍋內時，只有接觸高溫的鍋底那剎，濃稠的醬汁漂浮，鍋底的五花肉、青蔥、蒜頭，跟著豬油的光芒，一起在水中浮起，水變成白濁的豬豚肉湯汁，加上洋蔥、玉米當湯底，小初再次蓋上鍋蓋。

水煮良久，我們剝著蝦殼。我們住的地方一個月七千五百元，大約六坪，好處是電梯大樓，又是新建屋。然而，對比其他同事，每次進到這個屋子，看到只有雙人床與廁所的小屋，總會覺得，我好像對不起她。

「不知道怎麼和老婆相處？」阿光哥問。

「呃，對。」我說。

「客觀來說，你覺得算你的錯？」

「嗯——，她恨她的媽媽，有時候，我會不小心說，那妳這麼討厭她，就永遠不要管她，讓她去死就好啦。但聽了之後她又不開心。她也恨她爸，總之，我常常做錯很多事，講什麼都不對。有一次吵架，是因為她感覺快生病，催我要去買伏冒熱飲，但這裡很多藥局都沒開，你知道晚上，這裡很偏僻又荒涼。她就又生氣了，一邊發燒一邊咒罵。」

「嗚喔，可怕。」阿光哥說。

「這樣算我的錯嗎？」我問。

「一半一半吧，畢竟你是男人。」

「幹，怎麼會這樣。」

我們這些已經結婚的男性，會同進同出吃飯。大部分話題都是在孩子多大、有什麼日用品、信用卡，以及投資上。今天的話題轉向了夫妻關係，大家都埋頭吃飯，這個話題，很難聊。

「我和我的老婆最近都在聽這個電臺。」阿光哥說。

「這是？」我發現裡面宗教味道很濃。

電臺節目名稱叫做，超凡的遊戲：主持人奧夏子的父親是日本人，母親則是在靈鳩山擔任祀典主持人，她自己出來開節目，說說她生命遇過的劫，以及自己是如何解劫、化劫的。以前我是絕對不會聽這種東西的，但是聽奧夏子說話時，好像自己身上的劫，也變得輕了一些。

「一開始，我老婆開始聽奧夏子時，我也覺得她很瘋。」阿光哥說。

「嗯，能理解。」我說。

「但是，奧夏子也陪她度過了很長的時間，他們通信後，我老婆說，原來前世的時候，她是奧夏子的學生，沒有學完，就離開了正道，這輩子用剩下的時間來還。」阿光哥說。

「那你是什麼呢？前世。」我問。

「不知道，我沒問，也許是與她結仇的罪人吧。」阿光哥說。「但我想，我其實也覺得奧夏子有道理。」

「為什麼？」我說。

「因為奧夏子會說服我的老婆。」阿光說。「如果奧夏子的學生睡不著，奧夏子會跟他們說，聽點樹的聲音吧，樹會訴說它這一百年來，是怎麼睡著的，那時候，我就覺得很幸福，跟我老婆聽收音機，比起自己看電視還要爽多了，因為我其實根本不知道要看什麼，或許，就是本來我看電視的聲音吵到她，吵到她失眠，她才會在晚上的時候，還在客廳走來走去吧。」

「我也覺得奧夏子，可能只是一個普通人而已。」他又說。

「她沒叫她的學生買什麼水晶嗎？」我問。

「應該沒有。」他說。「但是如果她開始賣，我可能會一起挑。」

我感到相當不可思議，阿光哥說，這就是夫妻的生活。中午結束的音樂響起，那是預錄一段段的、剪接過的音樂，並且有時候會請藝人說打氣的話，像是，過了忙碌的星期一，就不會BLUE了，趕快打起精神吧！以往總是覺得這些勵志的話很吵的阿光哥，這個中午竟然為了我，說了這麼多，也許就是結婚已久的人，對於剛結婚的男人，最直接的一次建議吧，我想。

得和她走很久很久，所以，我們必須忍耐。

「吃麵吧。」她說。

「好，吃什麼？」我問。

「你剛剛剝的蝦子啦，笨蛋。」她說。

那頓晚餐我記憶猶新，除了是因為我們新婚後，她少見地提到了她的童年。包含她母親每次都歇斯底里地和她說話，是兩種模式，一種是認為自己的人生都是這個女兒害的惡魔，以及哀求她不要走的乞丐。這兩個模式，她都受夠了，但最討厭的是遲遲沒辦法下定決心要和她分開的自己。

我嗯嗯嗯地吃著飯，想著自己寡言的父親，以及未曾再見過的母親。她看我聽著這個話題，卻不知道得說任何一句安慰、溫暖的話。她說：「說句話溫暖我吧？」我這才左支右絀的說，啊、啊——，真是辛苦的童年，這種奇怪的媽媽，辛苦了。她苦笑地說，對了，我們有第一個孩子了喔。

小初有了孩子後，我就更常加班了。人生總有許多總會來臨的時刻，像是畢業、工作、結婚，而有些人總是能夠快速地準備好。高中一起畢業的同學，有些人馬上就能融入大學那種高度社交的場合，像是換了一個處理中心，能夠應付截然不同的生活。而我認為，自己算是這方面中後的能力者，不知道為什麼，我總是在每一個轉變的時刻，好像先跌了下去，才會慢慢起來一樣。

二〇一八年開始忙碌了起來，忙碌與混亂，是一個同樣性質的概念。因為對於我們這種，一個百人以上的公家機關，人的作用往往是當作抽屜上的標籤，長官需要時可以打開來用。事實上，我所做的事情，和在水務局時做的差不多。負責工程的發包、監造以及最後結案。

在今年，因為離岸風電已經拍板定案，但是那些在海上轉動的風機，都是為了發電這個機能存在，而電路就像一個網一樣，不像那些做著精密電板的同學，去了TSMC或者做MES、RF等等，大學的時候，有一起喝過酒的同學，都難以想像非本科生怎麼也可以去臺電。

電網是一個老舊的巨獸，隨著都市的發展，往山裡、往海裡甚至往離島去。電網本身，就是因為人類再也沒有辦法脫離電、水以及光，就連在司馬庫斯也一樣，不依靠電力而生存，是不可能的，柴油發電機、尖石二次變電所，來供用冬日濕冷的暖氣設備。海裡也是，澎湖、綠島、小琉球，都具有自己的發電廠，這麼小的島，都需要電，也需要接通電。

小初的肚子也越來越大。

我看著她騎摩托車上下班，會覺得心裡很不好受。

偶爾有好心的男同事送她回來，我又會感到某種怒火。二〇一七年到二〇二五年的目標是，新建一個超高壓生壓站、擴建一個變電所，新建161kV開閉所三所，以及比較麻煩的線路容量，345kV架空線291.56回線公里、地下電纜1.4 回線公里，在臺灣，輸電網路是以交流345kV為骨幹，包括345kV、161kV、69kV，一個變電站大概得服務一百二十三平方公里。考慮物價上漲後之分年價位並加計施工利息後，共投入六百億左右的金錢。

細部工程大概有數百個，像是接收過剩的電源，因為同時光電與風電一齊進行，桃園西半部也正在建設埤塘光電。回線的新建，上述已經預估要新設接近三百里。舊的導線因為耐熱、脆弱問題要更換。改建E/S的新開關設備，以及建設新的開閉所。如果打開345kV超高壓幹線系統圖，那麼，高壓電網就像是有著各種節點的蟲腳，最南邊的核三廠、高雄興達、臺中中火、南投明潭兩座水力、通宵與大潭火力，以及北部三座發電廠，核一、核二、協和火力發電。

當然，聽到六百億這個數字，我頭又不禁痛了起來。

無論如何走到哪裡，都會遇到這個數字，難道是國家政策也喜歡迷信用三、六、九來編目嗎？

二〇一八年，我的每日工作都是以周來更新。我們需要擔任工程的發包、監造，每天在LINE群組裡面看混凝土坍度的照片，哪邊做的差了，就得拉著上面的人一起去現場，雙方戴著安全帽，旁邊都是挖方的工人看著，我們就在那邊吵著應該要怎麼架基礎。

我也成為了那種，周六早上一早，就來打開辦公室鐵門的人。我和小初兩個人沒有一起吃早餐很久了。電網巨大，像是怪獸一樣，延伸至所有的居域。

聽說，有些比較不需要建設大型電網的，比較在臺中市內，非任務型單位，而是常駐單位，得時常處理議員、委員與當地里長，對於滿天布置的電線與電桿，希望下地，也就是透過路面底下鋪設，然而時常因為路面也塞滿了五大管線，導致每天都只是看著別人，然後僵持不下。

我開始不知道要聽什麼音樂了。在辦公室內，我反而期望有一個更安靜的空間，我的辦公空間與其他人相同，有一個L形桌、電腦。我買了一個三層公文盒，以及A4鐵架五個，剛買來三天就已經被堆滿，而腳邊大概有七套契約書，用Double A的影印紙箱裝滿五本送主管機關。紙似乎會吸收聲音，像是坐在我前面的人，我就沒什麼聽過他說話，有時候也只是把傳閱板拿給我而已。他在二〇一九年年底離職，以為他已經選好什麼工作，結果他似乎只是要去考高考而已。

很妙的是，在公部門，有很大一部分的人儘管考上了高考，大概薪資落在五萬出頭，但是，國營的後來居上的薪資，還是會吸引很大一部分的人，跑去考臺電、中華電信、臺水、臺泥等等。而從臺電離開的，又想要公務員那種可以商調、去各個單位的特性。我感覺，我們都只是螞蟻而已，搬運紙張、只吸取一點糖分、貢獻給蟻群，並且被人討厭，因為一隻螞蟻吸取糖分，就會有一萬隻螞蟻，在世界各處。

我打給奧夏子。

掛斷電話，周而復始。

我自己在這一連串的工作、家庭跑動時，好像更加感覺不到東西了，就連看電視的時候，也發現自己變得難以忍受，泡在資訊垃圾的狀態。

「每天有這麼多垃圾在我們周圍，真難想像我們的小孩要怎樣過。」我說。

「說到這個。」她說，「小孩的名字，你有想法嗎？」

我打通了奧夏子的電話。

電話那端，是一個溫柔的女性的聲音。「您好，想問奧夏子老師什麼問題呢？」

我問：「奧夏子這個名字是怎麼來的？」

電話那頭沒有說話，良久，她說：「是法師慕慈給她的。」

我說，「法師慕慈，是誰呢？」

她說，「是奧夏子最重要的老師，生命的老師。」

那晚，問起名字的那個晚上，小初要去見她的母親。我驚訝地看著她，但她似乎心意已決。行前，她相當地緊張，在衣櫥前面翻了好幾套內衣，才發現因為脹奶，所以尺寸都不太合。我抓了抓頭，二十分鐘內就要到臺中市了，還得抓開車的時間，我說，不然去市區幫妳買一套好嗎？她緊張得什麼也沒說。

繞進了市區，我看到曼黛瑪璉，我問，要進去嗎？

她瞪著我。

我說，好吧好吧，先去餐廳。

我們在一家薩莉亞停下，我開門讓她出去，她坐在車內良久，不知道在想什麼。而我在一旁也猜她想什麼，猜得很痛苦，突然，她說，如果我真的受不了，我先走了，你可以來接我嗎？我抱了抱她，用驚訝的語氣說，寶貝，當然啊，我當然會去接妳。她說，很抱歉，這樣可能會讓你吃飯吃到一半就得來找我。我搖了搖頭，抱了更緊。我說，就算真得殺了妳媽，我也可以來載妳。

她離開以後，我在附近開車繞了幾圈，不時抬頭看著薩莉亞的窗燈。城市的燈光不滅，因為人類需要光，本能害怕黑暗，並且培養黑暗，巷弄中，我想起我們看過的電影，下意識繞過去，天空都是燈火，星星在高樓的頂端，那應該是人造衛星，緩慢地離開月亮。

我到附近的麥當勞，點份一加一套餐，小薯加飲料，回自己的車上吃，和平常上班中午吃的一樣。廣播裡，川普退出聯合國人權理事會的消息重複播著，我感覺沒有吃飽，但是這些新聞重複地播放一樣的資訊，讓我食慾全無。

車子裡面有準備好的熱茶，原本都是跟小初出門時，我會順手泡一罐帶著的，但我發現她忘記帶在身上。算了，薩莉亞裡面總不會沒有熱水吧。茶壺周圍，有深褐色的茶垢，聞起來香香的，儘管當初已經買深色的陶瓷隨身杯，還是會沾上日久以來的痕跡。

我想著，這個茶壺是什麼時候買的呢？是在我們新婚的時候，岳母送我們的，還是我們剛搬入新居的時候，小初上網訂的？我試著回想起當初買到這瓶子的心情，但是現在就連當初它的顏色都想不起來，如今已經斑駁的灰色，看著邊邊殘存的紅漆，應該是紅色的，我喝了一口老茶，那是小初在去年，開心買了一堆茶，卻被同事說訂到越南茶的那批。

如果茶都可以染色陶瓷了，那麼，我的胃裡是不是早就已經布滿褐色茶垢了。

我上網找著奧夏子直播，奧夏子都有客服員了，總會弄一個網路電臺吧。結果，無論我怎麼找，結果都是跳出奧華宇宙的相關書籍，換了幾處關鍵字，也找不到準確符合，奧、夏、子，這個人的履歷，為什麼奧夏子她不願意在網路上留下痕跡呢？我好奇地想。結果還是得接回車內裡面的收音機。

廣播頻道調了很久，終於找到奧夏子的頻道，但原本期望聽到奧夏子的聲音，結果卻出現一個低沉的嗓音，用流利的臺語，正是販賣商品的時段，觀眾打進來點歌，順便推藥品。這才發現原來奧夏子的頻道，也只是一個播放時段的環節而已。找了很久的網頁，終於在塞了三個關鍵字，搜尋結果第五頁，找到了一頁網站，奧夏子的臉龐看起來很嚴肅，卻很有說服力，她在一個四周都是漆黑的背景，只有她的背，以及側臉微微照光。

自我是有分等級的，當自我發展到一個階段，就能理解精神治療，比一切的治療都更具效果。奧夏子堅定地說。就都能得到自我完滿。

我從漢堡裡面品嚐到一股感傷。

奧夏子好努力。

我踩下油門，汽車將機能完整發揮。如果緩慢的踩，它便會開始加速，但是如果你真的就那麼失誤太用力，車子就會馬上衝出，這是它本來就被設計的機能，有人問，那這樣不是很危險嗎？當然，一臺車隨便都可以撞死人，但是機能是中性的，它本來就被設計成這樣，如同刀子，可以料理也可以傷人。

我覺得，我信仰機能很久了，我是說，如果從中要說，我真的相信什麼的話。如果我能夠理解一切的機能，那麼，我就能活得更自在吧。我想起圍棋的老師，在AI時代後，在我心中，對他的同情又更加深了一點，每一次想到他，就會響起他拿著鐵棍，教著我們這些國小小孩，好好坐下，不要扔棋的表情。但很奇妙的是，儘管他手上拿著棍子，一次也沒有打過我們。

我很好奇，為什麼小初的母親，突然願意跟她吃飯了。

聽著誦經、來賓的電話破碎聲，我思考著。

在跟她第一次約會時，會對著母親發脾氣的小初。後來她們關係漸漸變很差，主要是因為，她老媽很反對她做保險業，有時候還會念她，如果化工繼續讀，那麼未來也可以進去藥廠領高薪。她就會回嘴，我現在薪水五萬、六萬，比那些藥廠的同學還要多。她的老媽說，那不是可以比的啊！妳讀了這麼多書，比起那些只有高職畢業的人，那就是妳的優勢啊。小初說，沒有好嗎？如果沒有研究所，中興化工也跟高職沒兩樣。她媽說，那妳就去讀啊！小初說，我不想要浪費錢讀。她媽說，不會浪費錢啊，妳可以讀，為什麼不去讀？為什麼要逃避？

但我其實最不懂的是，難道最後無法原諒她媽媽嗎？還是只是因為我沒有母親，無法理解而已？

據我所知，她母親的工時相當不確定。做指甲算是一種很累、很長時間的工作。但很妙的是，很累很辛苦，都是從小初的口中聽來的，每次見到小初的母親，她都在談她的工作，遇到什麼奇怪的女人，會有其他的特殊要求。她總會笑著拍手，然後把手指的背面展現給我們看，當作模擬她工作的成果，我只看到她的手指上，有一顆綠玉戒指，以及一個白玉手環，顏色很淡，有些泛黃，顯然是從未拿下過。

她母親的舌頭永遠年輕，因為做指甲，就是一個逆齡的魔法，就像聽奧夏子的聲音會得到平靜、與小初相處會幸福，而小初的母親，就是一個施法者，波西米亞風、乾燥花、熊熊、貓咪、毛毛，舌頭咬住顧客的心情，然後讓她看自己微笑。

她的手臂上，有大小割痕，聽說是之前做紙模工廠割到的，我沒有往其他方面想，畢竟她母親展現給我們看的樂觀性，可是相當龐大的，連我都打從心裡這樣覺得，啊，如果能跟她一起這樣看待事情，應該會過得很快樂、很感恩吧。

她母親每個月大概可以有四萬多的收入，算是還不錯，只是還有一個小孩要帶，便顯得有些左支右絀了。這是小初描述她母親的方式，她說，她很自私，也很可憐，要不是生下我，她還可以做她想做的事情，以前記得她提過，開個花店，還是咖啡店之類的，但是生下我之後，她有時候會說，小初，妳跟著媽媽在這世界上受苦了。

小初一直想要獨立，讓她的媽媽少一點負擔。但是她的媽媽總認為她選錯了，大錯特錯。這些都是正常母親的樣子吧？我想。但如果我把正常妄自加諸小初身上，她肯定會很傷心的。

半小時過了，我的螢幕震動，小初打來。

「嗨要！」我說。

「可以來接我嗎？」小初的聲音聽不出來情緒。

「妳在哪？」我問。

我往前左轉，在一家手搖店看到小初，以及她的母親。小初的媽媽開心地笑著，手放在女兒的肩膀上，兩個人看起來如同姊妹一樣。等紅燈時，我遙遠看著她們，感到有些不可置信。咦？就這樣？小初向我這走來，岳母跟我打招呼，我也向她揮手。

「車來了，走囉！媽媽。」小初說。

「好好照顧自己啊。」她母親說。

關上車門後，我問，今天聊得看起來很順利？她說，對啊，你怎麼知道。看到她笑成這樣，我心裡反而有些擔憂，不禁想起來，方才匆忙出門的時候，到底有沒有真的發生過。我問，妳和她，和解了？她說，其實也沒有什麼，本來就沒有什麼。她這個態度，反而更加深我的不安。

啊？妳們到底在玩什麼？踩下煞車，紅燈亮起，我幾乎要脫口而出。

這時候，奧夏子的廣播節目重播了。奧夏子的聲音，從廣播中流瀉，她的聲音有股節奏，停下來的方式恰到好處，我意識到，小初也在聽。如果我們不需要找源頭，那麼便會發現，順流而下，才能達到二級自我，到了二級自我的人，無欲、無求、無傷，也無輪迴，相當的幸福，也相當的美滿。九級自我的祂們，注視著只有二級自我的我們，奧夏子說，祂們是來幫助人類過得更幸福的。

「妳媽媽好起來了？」我問，更像是奧夏子藉由我的口，透過我說。

「她真的看起來好很多了，不像以前，整個都像是炸彈。」小初說。

「已經變成人類了？」

「嗯。」她說，燈在她的臉上閃爍。

「那很好啊。」我說。

「其實我一開始也很害怕。」小初說。「走進去的時候，我一看到她，我的食慾一點都沒有，而且也感覺膀胱有點脹脹的，很緊張。只是後來聊了很久，我們坐在裡面，坐到被趕出去，都還沒有停止聊天，感覺，好像是要把這一年半內，沒有對對方說的事情，全都說完喔。」

黑暗中，小初描述著她們的對話。

「我也祈禱很多次。」小初的媽媽說：媽媽很笨，等到王大哥跟我講，也要為小初代禱，我才發現，我自己跟妳錯在哪裡，我們兩個人可能都錯了，我們不會愛對方，所以才會變成，自己覺得自己受到委屈，真的，媽媽跟妳說，我真的感覺很委屈，至今都是。

聽到這裡，善良的小初，眼眶早就紅了起來。

她覺得自己為什麼要讓已經快要五十歲的母親，說這種話，卻又忍不住，想要繼續聽母親想了多少，承認了多少，又經歷了多少。其實，在我聽起來，小初的媽媽比較像是交代後事，是的，她們聊了彼此的婚姻，以及母親自己的後事，小初的母親說，她會把錢都花光，不會留給小初，小初點了點頭，媽媽終於要對自己更好一點了，她說。就是此刻，她們兩個人才都笑了。

小初的媽媽說，妳可以去找爸爸，也沒有關係喔。朦朧間，她似乎收下一張名片。

「妳都不知道妳爸是誰喔？」我問。

「因為他從未來看過我。」

她翻了翻自己的錢包，真的有一張名片，上面寫著，旺旺友聯物產保險區域經理，張中伊。而我至今才發現，為了不讓小初真的思念父親，她們連姓氏都捨棄了。

「你覺得我媽跟王大哥，有什麼嗎？」她問。

這個問題甚難理解，我想了很久，但是又不能想太久，不然會搞得好像她看起來像是來找碴一樣。最後，我誠實地回她：「應該是有什麼關連吧。」

「聽說王大哥也離過婚。」小初說，「不知道，我如果離婚了，應該不會想找別人。」

「我們會離婚嗎？」我開玩笑地說。

「不知道啊。」她說。「我覺得不會啊。但我在想，誰當初結婚時就知道，自己會離婚呢？」

「妳聽過妳媽講過他嗎？」我問。

「我只知道，他對我媽很好，很照顧。」

「那個王大哥確實很誠懇。我認為這個人不壞啊。」我說。

「你怎麼看得出來？」她說。

「教會出來的人不是都是好人嗎？」

「我不是怕他，而是怕我媽看到人家人很好，又栽下去了。」

「栽下去不錯啊。」我說，「至少妳媽媽現在有個東西，可以轉移她的注意力，她不是也說，小孩子不在身邊的時候，她都很寂寞嗎？其實我有看報導，這就是空巢期，誰都會有的，將來我們的小孩大了，想飛了，我們也會感覺寂寞。」

「寂寞是這樣轉移的嗎？」她說，「沒完沒了？一直下去？」

「是啊。」我說。

我們就是被上帝這樣創造的吧，我借用他們的話。車子進入地下室，這個車位大概一個月兩千元，在臺中市偏貴，但是以這個大樓的價值來說，算上房租，總共也還不到一萬元，算是對於新婚夫妻很優渥的條件，兩人的年薪相加勉強破百，得要省一點。我記得，下車之後，又補充了一堆話，之前的大學時期對我照顧有加的黃老闆，現在也面臨了離婚訴訟，我說，自己追求什麼，就得要面對什麼吧，做人只能這樣想了。

小初嘆了氣，她說，怎麼每次跟你說話，最後都要聽一大堆有的沒的呢。

懷孕、待產，我和她的回憶寥寥無幾，僅記得這段插曲。

大部分的時間，待在晚上，漆黑的辦公室中，我反而感覺心安。待在辦公室也沒做什麼，偶爾上網找陌生人聊天，滑滑論壇，並且，蔡雅新偶爾會傳訊息來，曾有一次，錯過她的來電，隔天早上她打哈哈的說，深夜一個人，就會想自殺，就會打遍儲存的所有聯絡人。

處長和我說：「早點弄完早點回去啊，公文的效率還是得顧，況且家裡還有妻小吧？」我點點頭說，嗯，我知道。想起父親剛去世的時候，自己剛開始變硬的時刻。儘管如此，現在看起來有些後悔，但是仍然相當慶幸，自己有好好地適應下來，我認為，那是我所珍惜、幸運擁有的幾個規則之一。不過，這幾個月的日子裡面，我似乎連下圍棋這件事情，都難以好好享受，我逐漸發現，如果變得太快，或者太無機質，好像真的會感覺不到東西。

以前花個假日，半天研究一下棋譜，或者是上PTT跟人家站內討論。但是現在都只是隨手亂下個幾盤，最後都是亂跳出對局，直到被網站檢舉，才放棄繼續下棋。二〇一八年，人類對戰人工智能，已經不再是新聞，換句話說，一個人工智能要達到現役最強棋士的時間，只需要二十天的機器學習，就可以打敗柯潔。新的阿爾法圍棋，只要和自己對戰，無須任何人類棋手，四十天就可以超越任何版本。

十九歲開始學圍棋，阿爾法圍棋之父德米斯，宣布了它的退役。阿爾法圍棋只是為了跟人類戰鬥而生的，如果沒有能戰鬥的人類，它也沒有存在的意義。我感覺它似乎自己打敗了自己，德米斯發明了阿爾法圍棋，是證明了機器學習可以打敗人類？還是機器可以是人類的導師？還是未來某個時候，人類將可以再次打敗機器？德米斯發明了阿爾法圍棋，那他做為人類，宣布阿爾法圍棋退役時，有感覺勝利嗎？

——

小初生產前幾周，我去和蔡雅新吃了晚餐。

我久違地說了很多，比說給阿光哥還要多，比說給任何人還要多，關於我的婚姻的事，不過，這並不代表我們心意相通，或者熱火重燃。我們兩個人最清白的證據是，沒有任何人提出要過夜。她說，她改信了很多信仰，很多很多，但就都找不到，或不適合。我說，但妳也是個信仰很堅固的人。她問，是嗎？但是我的信仰是什麼呢？要怎麼找？我想了想，說：「不太確定，但妳很堅持很多事。」

「堅持不好嗎？」她說了很多關於自己老公的事情。沒有任何一句壞話。沒有用「但是」這種句子。她就是一直說關於她老公的思考的方法，多麼需要她自己學習。我還太笨了，你得承認，阿名，你得承認。她笑著說。

臨走前，她拿了餐廳裡面的一顆糖果。

「這麼好的餐廳，結果竟然只放這種喉糖。」她說。

「吃這顆糖嘴巴不會都殘留這個味道嗎？」我問。

「那，給你。」她笑著說。

在三十一歲生日後，二〇一八年，我開始意識到，二十歲的那個我，會在意自己硬掉的我，早就不知道消失到哪裡去了，甚至連自己的記憶裡，拿出來重溫時，只感覺得到摸著乾燥水泥表面的溫度，那是一種沒有溫度的觸感，只是乾燥，為了結構存在。因此，不管怎麼樣，時間過了很久，我也成為了電燈般的存在，準時亮起，順著季節、外在情況有些細微的變化，亮著，或者不亮著，就這樣，然後以一年的時間輪轉，又再次開始。

年底，小初不能到處亂跑了，真正地開始待在家裡待產，小初的媽媽以及王大哥，也都有來看小初，但是每次我回到家，她總是不怎麼開心，應該說，回到家裡的時候，只有昏黃的燈光，從窗戶外透映進來，裡面相當地暗，只能辨認輪廓，我打開主燈，才發現小初又在沙發上面睡著了。

「我媽剛剛來過，每次接待他們，我都覺得好累。」她說。

「沒關係，晚餐我煮就好，妳躺著吧。」

「不用啦。」她起身，走到冰箱裡面拿青江菜，讓我裝一盆水來洗菜。我問她，妳怎麼啦？她說，沒事，總覺得我媽他們越來越難溝通了。因為她媽總會來幫她準備待產的東西，總是叫她要買東買西，但是因為我們兩個人即使結婚了，兩個人還是分開的戶頭，買菜的錢也都會分開出。我聽了阿光哥形容，才發現這是一個很微妙的形式。最後，她說，因為要準備這些衣服、產後的物品，自己還得要去花自己的錢，希望晚點找我討論，而她的母親則是覺得自己的女兒深深被糟蹋了。

大概能夠想像她母親對她說了什麼，而她又得辯護什麼，真累，我想。

不知不覺，我度過了人生中幾個重要的時刻。小初生產的時候，我在辦公室，請了一個下午的假後，被關在手術室外面，我相當的無聊，小初的母親後來也到了，跟著王大哥，一起聞著醫院消毒水的特殊味道，想也不敢想那個味道為何產生。滑著手機，我才發現，辯護什麼無所不在。

選舉過後，一切仍在統整。護核的社團大概有三、四個大型社團，除了缺電公民自救會以外，黃士修自己的粉專、拒絕缺電、拒絕空污、反風吹粉專，一起串聯，打單選題相當容易，一個公共工程如惹人生厭，其實全數都可以看見。預算太高、替代方案沒有全然討論、會議瑕疵、施工品質不佳、空污，還有吵雜的聲響，以及全面的科學數字碰撞，解釋用立場。

不會吧，真的電業法會廢除？我想。才剛這麼想，馬上看見公告了自十二月二號，非核家園條文自動失效，那我們這些工程，還做嗎？「還真的過了？」我在公司內的新手爸爸團的群組傳了這句。「過了什麼？」幾分鐘後，「噢，投票喔，我們全家出去玩啦！」

生產的過程很快，不知道為什麼，回過頭來想起這段經歷時，照理來說應該是我的生命中，相當重要的一刻，像是起初的親吻女生，起初的獨立生活，或者一如父親過世之後，那種強力而無所不在的感覺。但是，小初的兒子出生之後，我卻什麼也記不得，我只感覺，這個紛亂的一年裡，還有什麼是沒有變的嗎？單身的我結婚了，與小初的母親吵架後，又和好了，好像漫長的時光中，什麼都會發生，像是奇蹟，但是在此時此刻看來，都只是無機質的石頭，摸起來沒有溫度，像是水泥。

小初的母親哭了起來。

王大哥則是歡喜得連忙拍照，又是送禮給護理師，念著祝禱詞。看著躺在床上的小初，我突然有種很想要撒嬌的慾望，想靠在她的身邊，依偎在她的肩膀旁邊，讓她抱著，也許我太高了，所以我得要讓身體盡量縮小、彎曲。

突然我害怕了起來，嘴裡苦苦的。

摸了摸口袋，彷彿那顆喉糖還在。

花了健保補助後每天八千元的單人病房，燈光暗下來的時候，小初的母親用她細小的手指，點了點我的肩膀，我在半夢半醒之間，不知道被點了多少次，睜開眼睛，才看到小初的母親用愧疚的、相當過分愧疚的表情說：「我不知道你那麼累，剛剛想叫醒你，但是感覺一直叫不醒。」我心想，他媽的，叫人是不會直接搖醒我嗎？因為連續兩餐吃微波食品，胃十分不舒服，但是所幸這一切唯一的優點是，小初在產後，忍著巨大的疼痛下，還是好好地入睡了。

有好好睡著就好。

我悄悄地離開病房，出去透氣。

什麼是好呢？在超商，吹了一陣子的冷風，我突然想著這個問題。當然，活到了三十一歲，還問出一些三十幾歲會問的問題，例如為什麼應該賺錢，我們的價值之類的這種大哉問，那就代表，那個根本就不算問題，對當事人只能是災難，或者茶水間的談資。

現在的我確實感覺到，某些定義一直被扭轉。小初的母親，和王大哥好像有說不完的話，他們分享著教會裡面，王牧師的小孩正在用哪些用品，之後可以請他們來家裡作客，但是一想到我們那個僅能容納兩個人的套房，又感覺相當羞愧。

是不是，我們對自己的所有期待，或者是定義，都在回頭過來打敗自己呢？

「你要不要來受洗？」小初的母親，三不五時說。

閉上眼。

柯潔在某個訪談裡面，他穿著相當素的襯衫，和主持人坐在棋盤兩側，兩個人一邊下棋，一邊進行訪談，柯潔看起來十分放鬆，也沒有二〇一七年、二〇一六年不管在記者會上，或者是主播臺那種銳利感，或許是沒有穿著襯衫吧，也或許是他並沒有在那個勝負場裡面，身為棋士的鬥爭心，看起來十分樸拙，他說：「人類被他自己發明的機械打敗了。」

凌晨一點，路上的空氣十分乾燥，冬天感覺還沒有適應這個世界。

想到這點，我便止不住自己，想要四處散步。

走著走著，累了，坐下來滑臉書。

科博館附近很空曠，晚上的時候，能聞到花飄來的味道。我看見黃老闆和他老婆的朋友，在一篇聖誕節的文底下，討論起以核養綠，就是不知道為什麼，也許是味道、感受、周圍的一切都變得不同，讓我突然覺得，想要這麼做。

當然，底下對話語氣是越來越不客氣，一旦知道我們本就不同立場，那些站在灰色地帶，不確定的事情，都得對立起來。黃老闆的朋友也加入戰局：年輕人可能還不懂，夏天備轉容量就算有百分之十五的時候，去年還是跳電多次，核四已經是一個必然得說服別人的選項了。黃老闆的老婆說：那是你們根本沒有看新聞，去年跳電的理由是天然氣管線的問題。他說，天然氣管線有問題，那以後也可能發生啊，多一種保全的方式更好。黃老闆的老婆說：就算核四重啟了，還是可能跳電好嗎？兩種可能性根本不可比，只有選核廢料，或者是天然氣選擇而已。他說，那是妳這樣覺得，妳根本不覺得用電自由，會危害國安問題。老闆在一旁看不下去，留言說，這樣吵起來，是不尊重我這個老朋友囉。

過不久，那張照片就刪掉了。

夜鷺的聲音，在晚上的時候特別清晰。

關掉手機後，我突然很想要下一場實體的棋，是那種雙方得要好好坐著，然後穿著正式的西裝，向對手鞠躬後，思考後抓子，猜子，並且恭敬地把棋子放上棋盤，執黑者放在右上角，讓對手方便下在左下角，如此一來，雙方不管是誰，有何背景、有什麼過去，在圍棋的規則裡面，就是一人一手，用棋交流，低頭看自己的棋，局部、大勢，全神貫注地在乎一件事情。

兒子臉圓圓的，照護假的這幾日，只要是獨自一個人的時候，就隨便吃吃，甚至不吃了。我的體重下降，但是在乎體重的變化有什麼意義呢？我想，就跟每天早上確認天氣一樣，為了上班時候不會感覺太冷，或者穿太多，顯得太過悶熱，但是，這又怎麼樣？活著還不是很孤單，而且接近不了成就感，也接近不了死亡，我現在全神貫注嗎？應該稱不上吧，甚至還可以說，我感覺以前只是變硬的一棵植物，仍然保有葉片有機質的型態，以及內在的韌性，但如今，我連我是什麼形狀，都不太確定了，唯一能夠明白的，就是自己沒什麼剩下的溫度。

蔡雅新再也沒有在三更半夜時打給我。

我也把和她的對話刪掉了。

幾天後，儘管我還在照護假，群組內已經針對電業法第95條第1項廢除，有了一些初步討論，在我們第一手承辦人員的視角中，應該也不算討論，就只是交辦了一些業務而已。電網補強的工程仍然繼續，我的代理人仍然幫我處理一些工程面，像是檢修廠商的招標，還有後續議約的事情。

阿光哥說，結果什麼好像也不會變嘛。

我說，如果今天投票投的是重啟核四，那就會重啟嗎？

阿光哥說，會吧。

我說，那今天雪山隧道蓋到一半，公投說不蓋了，就不蓋嗎？

阿光哥說，當然停工啊。如果公投過了說要蓋十條雪隧，那就算一兆也得花下去。他說，這種事情讓上面忙去。

「怎麼又在滑手機呢？」

「嗨，媽。」我抬頭，看見小初的母親。「今天怎麼來了？」

「我只是買水果給你們而已，今天沒有要讓小初知道我來了。」她說。

「為什麼呢？坐一下再走啊。」我說。

「不了。」小初的媽媽搖頭，「我們又會吵起來。」

我愣愣地聽著，心想，這就是家人嗎？這麼容易吵架，又發生了什麼事了？原本以為小初的兒子出生之後，表現最差的是我，結果拿著蘋果進去病房後，才發現小初稱讚我這幾天照護假表現很棒，讓她很放心。事實上，我什麼也沒做，但我也許什麼都不做最好吧。

「妳們又吵架了？」我問。

「唉。」她嘆了一口氣，看向窗邊，良久。

「她說她想要再婚，但又不肯說是誰，我就跟她講，妳不要再發瘋了。」

「哇，為什麼要這麼兇？」我問。

「他媽的，你知道，她想跟誰結婚嗎？」小初說。

「不就是王大哥嗎？」我說。

「那是有婦之夫啊，我老媽想當別人小三，我能不憤怒嗎？」

「噢幹，原來如此。」我抱著兒子，想著未來這小子能不能這麼行，都已經有老婆了，還讓別人倒貼。兒子的睡臉感覺十分安詳、純淨，感覺未來是無限的，沒有什麼能夠困住他。但轉念一想，他知道自己的阿嬤這麼瘋狂，應該會理解什麼，未來這些一點一滴累積的經驗，將會是讓他辨認前方道路的基石，也會是再次困住他的路石。

啊啊，我多麼想告訴這個幼小的生命，我所知道的一切，然而，若是我唐突地傾瀉所有的東西，甚至把我的人生，與他的人生混在一起，那麼困住我的事情，仍會在他身上再次發生。想到這，我感覺到某種宗教性的虛無，以及解脫感。

「我很想教他什麼是正確的，但是我們家就是這麼扭曲，啊啊——幹。」小初喊著。

「沒關係的，有我在。」我抱著她，但我知道，我們終究會被自己發明的東西打敗，不論是道德、工作、規則、圍棋，甚至是自己的孩子。總有一天，他也會扶著年邁的我，對我用同情的語氣，像是容忍孩子一般說話嗎？叫我放棄執著的事情，執著地教我怎麼活下去嗎？小初無聲地哭著，我摸著她的身體，感覺十分溫暖，我想要躺下，像是我一直渴望的那樣，只感覺被愛，但我發現，床上的位置就那麼小，兒子靠在身邊，空位就差不多了。

「我削蘋果？」

「不要，我討厭蘋果，一定是她拿來的。」小初擦著眼淚說。

我默默地把蘋果收進塑膠袋。小初像是突然想到一樣，用疑惑的聊天語氣說：「其實你也不是全都一百分，剛生完的時候，我記得有一天我很不爽。」

「啊？」我問，「哪一天？」

「剛生完沒幾天吧？我記得醒來的時候，我媽剛好來，看見你交班走人。」

「妳怎麼了嗎？」我問，「我以為妳還在睡。」

「你去哪裡了呢？很痛欸。」她指著肚子。

我想了想，不知道要怎麼回答，可能我們兩人又會吵起來。我看著兒子的睡臉，陽光照進窗戶，不知道為什麼，每次走進這個房間，都會想起入院時，在一樓結帳時看到的帳單。腦中突然冒出一個聲音，說點溫暖的話吧。

「我去看企鵝。」我說。

「什麼？」小初說。

我拿出手機，查了夜鷺被誤認成企鵝的新聞，大意是臺南有人報案，在河邊發現了企鵝，民眾群聚在水圳邊。「好可愛。」小初說。我也笑了，我把蘋果洗一洗，去籽，拿出從家裡帶來的盤子，整齊地放好在她旁邊說，吃吧，我記得妳很喜歡吃蘋果的，每天晚餐後都有蘋果，以前妳削給我吃，現在換我削給妳了。

—

小初以及兒子的病房費、手術費、診察費、特殊材料像是止痛針，大概合計起來花費到四萬，因為我們都不想省這個錢，因此，大概又花了十萬元，從第一次產檢到第三十五周，我們遇到的這位醫生，一開始都說不太需要，但是在我們講過幾次後，還是讓我們自費做了這些檢查。途中，小初有些半抱怨這個醫生，有時候太冷漠了，不會站在孕婦的角度想，我想想後，覺得幸好醫生沒那麼體貼，他只要顧好他的專業就好，誰還有餘力管那麼多呢？會崩潰的。但最後結果也都很好，產後，他詳細解釋狀況時，我們兩個人都感覺安心。

當初產檢的結果，小初的兒子，一點問題都沒有。我們從醫院回到家裡的時候，我找了半天鑰匙，結果發現在車子上，又搭了電梯回到車內，打開車門，卻愣了半天，想不起來自己在哪裡。

回到樓上，電梯門打開時，我發現小初坐在地板上，啊，外面地板很髒欸，原本想這麼說的我，發現小初正在唱歌給他聽時，忍不住拿起手機，想要把一切都錄影下來，小初看到我拿起手機，在我按下錄影鍵的那刻，像是慢速播放花開一樣，快樂地笑了。

月光相依，風機旋轉。夏日晚上的時候，夜鷺會從東北方，傳來牠的叫聲。靠在欄杆上，風吹過來，衣服啪踏啪踏響著，因為不像是冬天一樣有強風，因此我們夏天的時候，為了保持室內乾燥，都會把衣服晾在外頭。這附近的大樓，我們算是滿高的，但仍然看不到水泥燈光的盡頭。遠方有霧，那是夏日晚上的時候，海與山都會產生的水氣。

突然感覺悲傷，我懂的事情，太過稀少了，以至於我仍然無知地活著，也改變不了什麼。

好涼啊，小初說。

我摸著她濕溽的的頭髮，進去客廳拿了吹風機出來。

她說，欸？幫我吹頭髮嗎？

我說，對啊。

她笑著說，這麼想起來，你也很久沒有幫我吹頭髮了呢，好懷念。

吹風機的聲音與風的聲音融合，因為聲音無處可去，它們被反彈、吸收，通通都會向天空傳去。我想，如果離岸風機旋轉，比我們住的十二樓還要高，一百零五米，在那裡，聽著臺中西面山麓的聲音，以及街道吵雜的引擎聲、音樂聲以及燈光們，會不會其實那些被稀釋的聲音，全都震耳欲聾。我把眼睛裡看到的燈光們，隨意地想來想去，小初的頭髮有些打結，她頭的形狀是我摸過無數次的，第一次吹頭髮的時候，想著，女生的頭髮，怎麼這麼長、又這麼容易打結呢。

這裡，她低下頭，露出脖子。

我用手指撥開其他的頭髮，白色的頭皮，讓頭髮根根聳立。她說，哈，好癢。我說，忍耐一下吧，吹完就會舒服了。我撥開頭髮的結，小心翼翼、小心翼翼，抓著接近髮根那側，另一隻手則是向下梳著，卡住的地方，就用手指搓一搓，很輕，通常就會順了，有時候髮會斷掉，但因為我有抓住另一邊，並沒有讓力量扯到她的頭皮。

「妳的頭髮。」我拿一團頭髮給她。

因為吹風機的溫度，摸起來很溫暖、很柔軟。

她笑著收下了，隨後隨手扔在茶几上。

二〇一九年

「這樣聽起來，你回去不就死定了嗎？」阿清問。

「完全沒錯，阿清，我甚至覺得我老婆會拿離婚協議書給我簽。」阿名哥說。阿清久未見到阿名哥，不知道為什麼，感覺他身上某些東西已經捨棄，有種生還後的氣息，對阿清這種跑船人的術語來說，就是漂流武士，自電影裡失去家人後，在這世界上流浪的武士。

「所以最後決定，乾脆找你蹭飯，想不到你在這。」阿名哥說。

下午，他打給阿清時，問說能不能找他吃飯，阿清還特別驚訝。兩個人自從爸爸的葬禮結束後，就久未聯絡，甚至阿清懷疑，哥哥根本就存心想要躲他。他抓著頭說：真的好久不見啊。

沒有了書卷生的氣息，他從車上拿了一條黃魚，吃這個吧，他說。

「好吧，你就講一下全部是如何搞砸的吧。」阿清說。

阿名哥繼續說他的故事：馬哥是老婆的好朋友，以前是同個社團，會一起去登山。他從廁所回來後，就聽到馬哥在擤鼻子，而老婆也坐在他的旁邊，輕輕拍著他的背。喝水喝水，熊在一旁玩他的兒子，等他回到座位上時，熊發表了他的心得：你的兒子很聰明欸。點點頭，熊拉著他，解釋最近他正在創業的商業模型。聽得心不在焉，也得聽——宗教、廣播，以及最重要的土木工程。以事務所為核心，這個事業群拓展了多個心靈受傷、家庭失和的聽眾，熊說，他和小陳，已經更生的小陳，聊了許多，在這行沒任何油水的情況之下，他發現有許多老闆儘管很會接案，但是卻不懂得如何與家人相處，以前，小陳也是這樣的公務員，他們透過每次的會客菜中，逐漸發展出一整套拯救心靈的基準。啊哈，阿名哥說，應該讓我大學時期的前女友聽看看，讓你們去拯救拯救她。熊同事邪笑著，當然，我們最會安撫人了。

換馬哥去尿尿了。名哥老婆坐回去名哥身旁，熊換了座位，名哥則是一動也不動。「聊得開心嗎？」名哥問。「他們還要爭馬哥貸款的那間房子。」名哥的老婆說，接著講到請律師遇到多少困難，又被前妻三餐電話騷擾、如何又如何。說著說著，名哥的老婆就越來越生氣，怎麼能這樣？欺人太甚了。

「她在氣什麼？」阿清問。

「最後換她去尿尿，問題就出現了。」名哥回答。

阿名與馬哥兩個人去抽菸。兩個人聊起了婚姻，馬哥唐突地說，其實，他是不想要結婚的，一開始就不想，但是為什麼，現在卻會感覺如此愧疚呢？

「那她如果哭著來找你呢？」阿名問。

「她如果帶人來打我呢？我現在比較擔心這個。」馬哥說。

「趕快跑就是了。」阿名聳聳肩，把菸彈掉。

「真羨慕你。」馬哥突然說。

「啊？羨慕什麼？」

「你選對了，你選對老婆。」

兩個人陷入了長長的沉默。

「要火嗎？」

「好。」

「兩位，誰把帳結了，太客氣了吧。」熊從餐廳走出來，手搭上了這兩個朋友的肩膀。下次約什麼時候？你臺中住處怎麼樣？有很多米其林，熊接著繼續說，換我請。米其林，我還冰淇淋，名哥說，儘管自己十分明白，這個笑話非常不好笑，但是他為了把話說完，他不得不說這個笑話，下次來臺中，我請客，冰淇淋米其林都可以。他揮了揮手，注意到天空很藍、又無比遙遠。

「慢慢開啊。」兩個人圍在名哥的車子旁邊，就像是以前在事務所時，三個男人在路邊抽菸直到深夜，樹叢內都是菸蒂。

以後要見到他們，也不知道何年何月了。

名哥把音響開到最大聲。

車子在高速公路上疾駛，穿過了隧道，他想起了一些開挖原則，就像想起了一則笑話一樣容易。他觀察上方巨大的排風管，以及隧道的通氣暗穴。昏黃的燈光，讓他一下子無法適應出隧道的強烈陽光。他突然感覺，一切都很狗屎，想到狗屎，就想到混凝土剛從水泥車澆灌出的樣態，也如狗屎。

奧夏子的節目來自於熊同事的事務所。他說，那是他的姪女，以前在板橋殯葬特區時，看著她長大、畢業；奧夏子的爸爸，也就是熊的弟弟，在搭筋工程時被形鋼壓死，高中時期的奧夏子，成為了她母親唯一的親人，兩個人會親暱地一起聊天到深夜，坐在沙發上，蓋著同個毯子，看電影；也會聽著母親說：妳早晚要嫁人的，為什麼妳還要離開我身邊呢，為什麼？直到深夜。她用自己的自由，換來媽媽的安心感。

節目開始了。

車子在高速公路上疾駛，平穩得像馬路上的夜鷺。

平穩？

「那時候我才發現，比平常都還要安靜的車內，是多麼恐怖。」阿名哥說。

「你把老婆忘在餐廳了？」阿清問。

「對，沒錯。」

「真的假的啦？」阿清說。

「真的，後座一個人都沒有。」名哥說。

「那你為什麼不回去接他們？」

「不行啊，回不去。」

「嗯——，有點難講清楚，我覺得如果回去載她，應該會被她弄死在車上。」

阿名哥說，「在電話裡面，她說，叫我不必回去，認為我一定是存心故意想要惡搞她，我解釋了很多，但她在氣頭上，說我就是個可悲的人，耍了無數的手段，叫我不用回去找她。」

今天晚餐準備了花枝、白飯、印尼帶過來的黃咖哩補充包混大蝦，這算是今天的主菜，一鍋螺肉蒜湯。還想起來瓦斯爐上面還有一條正在燜的黃魚，醬油與青蔥都呈褐色，乾黏，阿清裝了一杯水，倒入，說沒有水會不好吃，再等一下吧。

兩個人入座，繼續接著聊天，阿名裝了半碗飯，沒食慾嗎？阿清問。他說，講完電話太鬱悶了，來這裡之前就喝了一些酒，吃了片蔥油餅。

「你老婆那樣說，應該是氣話吧？」阿清問。

「也許吧。」阿名默默挑著花枝裡面的青蔥，挑進碗裡吃掉。

「你竟然肯生小孩，我一直以為你不會想生。」阿清說。

「我也還在適應。」

「會不適應現在嗎？」

「有一點。」

「我以為會先準備好才生的。」

「老婆準備好了啊，所以就生了。」阿名說。

「通常生不生小孩不是兩個人決定的嗎？」阿清問。

「是嗎？好比說，你今天有個很重要的升遷，假設啦，你接到美國武器的航運，需要兩年不回家，站在這個立場上，儘管這個決定看似是兩個人一起同意的，但事實上，那還是你的決定喔。」阿名哥說，「所以我覺得，生小孩也是這麼一回事。」

「雖然我沒有老婆，但如果她說不行呢？」阿清問。

「她不會說不行啊。」

「為什麼？」

「因為會有罪惡感，一輩子的。」阿名說。

飯菜最後還是吃得很乾淨，阿名很驚訝阿清的手藝為何變得這麼好，阿清說，本來他就是在船上弄伙食的。阿名彷彿突然想起來一樣，有些不好意思地笑著。從冰箱挑了一些酒，主要是臺啤，吧臺後方有些利口酒，可以供那些下船時，不想回家的船員來暢飲。

「你這裡跟酒吧一樣。」阿名說。「但這樣你跑船時誰來顧？」

「啊，其實，」阿清說，「我去年就從長榮辭職了。不幹了。」

「咦？什麼？為什麼？」阿名問。

「應該是退休心態吧，不知道，現在臺灣沿海有很多外國船長，俄羅斯、馬來西亞、荷蘭的船員，他們和我們活得好不一樣，觀念也都不同，現在我專門做他們的生意，在這裡讓他們打打牌、賭錢喝酒，至少在外國有些樂子。」

「所以你真的不做了？」阿名問。

「暫時吧，但我也不清楚。當然，現在經濟不景氣，誰都想要工作。我也不想要跟外國人共處一船，你看，要是他們哪個有病毒，我不就完了？現在悠悠閒閒也很好，況且，我也養狗了，狗也要人陪，不然就只能送人或者放生。」

他喝了口啤酒，沒有任何回覆。兄弟倆移到客廳桌上繼續喝，看著電影，敵人拿槍躲進壕溝陣地，探頭的人鋼盔被打飛。阿名說起壕溝陣地的起源，來自於城堡砲戰的延伸，躲在土裡面讓陸軍陣地可以繼續推進，以及靈活調度機槍陣地，廣泛用於二戰之後。幹，你怎麼可以說得好像真的打過二戰，阿清說，那當兵時叫我們一直拔草挖洞，不就未來可以用來打共匪？阿名點頭說，你答對了。

「講到打仗，你知道有個中校退下來的海軍，在長榮公司跑船嗎？」阿名說。

「你怎麼知道？」阿清問。

「他有名到我身邊的人都認識。」阿名說，「有終身俸，又能跑船，太爽了。」

「真的吃人夠夠。」阿清說。

「人要會想真的很重要，你看，不用打仗，還可以拿大票來換綠公司的票。」一聽到是長榮，阿清馬上心生羨慕了起來，算一下他的薪水，如果是三管三副好像漲到十五萬一個月了，再加上中校，不知道他是在年改之前還是之後，如果是之前那有六萬，之後只剩下四萬五，靠北，這個人一個月竟然有二十萬。阿清算完他的薪水，也跟著阿名嘆氣起來，戰車壓過泥土，壓過士兵的屍體，躺在旁邊的士兵，突然倏地站起來，爬上了戰車的觀測孔，扔入手榴彈。「死好啦！」阿名和阿清大吼，那個士兵表情平靜，在一陣機槍聲以及弦樂聲中倒下。

空氣瀰漫一股濃重的味道。阿清喊幹跳起來，衝到廚房，打開鍋子，裡面的魚已經化為黑炭，沾黏在鍋子上。阿名覺得很好笑，阿清這種兩光二廚，怎麼還有辦法在船上煮飯？兩個人滑手機找有沒有除鍋巴的方法，最後查到可以倒可樂在鍋裡面煮沸，然後刮一刮，鍋巴就沒了。夜裡，阿名開著車去買可樂，看到旁邊有賣洗衣粉，不知道怎麼選，看著阿清給的一千元，乾脆兩個都拿。

他們將可樂與洗衣粉一半一半放入鍋內，開火煮滾，這時候誰都沒有看電視了，怕可樂燒焦。期間，阿名問阿清這電視節目的租費是多少，他說大概一個月三百吧，他說，那也還可以，還比第四臺便宜，想到第四臺就會想到家，想到家就會想到自己的老婆跟兒子。

看著黑色的可樂，噗嚕嚕地冒著泡，他陷入了神遊。

下午，他無論打了多少通電話，都無法接通妻子的手機。

其實，他有馬上開車回去，經過了一個多小時，終於回到苗栗的餐廳前，結果老婆和小孩雙雙都不在現場。他懊惱地蹲下來，同時也感覺十分焦慮，一種自己被完全拋棄的感受，從嘴裡漫出了苦味。

大概六點，肚子已經餓得受不了時，妻子終於接了電話。

「幹嘛？」

「對、對不起，妳在哪裡？我回餐廳沒看到妳——，很緊——」話還沒說完，對方便打斷了對話。你當然沒看到我啊，自己那麼順，開了車就走，我還傻著在原地等你，我白癡啊？

他想要告訴對方，自己其實想哭得不得了，也感覺絕望，也感覺到了遺棄，但事實上，他每一次說出口的道歉，都阻止了他們理解對方。

「對不起，我發現了，妳在哪裡？我可以去找妳。」

「你知道自己錯了？」

「我知道，我錯了。」

「那你說看看你錯在哪？」

「我錯在沒有注意看你們有沒有上——」

「停，我不要你只檢討這一次，這樣下一次還是會犯錯；我要你檢討這幾年，你的所有問題，你犯的錯，你一定記得一清二楚，你記性這麼好，對吧？對吧？你讓我這麼痛苦，難道我不值得一點道歉嗎？」

「對不起嘛。」

「對不起什麼？」

「全部。」

「全部是什麼，來，一個一個說啊！」

「……」

「果然是廢物。」

「果然是廢物。」阿清講電話的聲音突然傳來。在客廳，他一邊摸著他的黑狗，一邊開著擴音說話。你趕快離開那艘船，那個船長就是廢物，早晚會死人，我說真的，如果可以，回臺灣也可以跑風電船，就盡量挑主機三千瓩以上的船實習並填寫訓練紀錄簿，以後換到一等管輪適任證書，就可以跑遠洋運輸船，也就是貨櫃，散裝，特種船，但有個矛盾點，如果在工作船上面，現在分成幾種嘛，CTV人員船、SOV運維作業船，是未來的趨勢，因為維運期會很長，大概二十年你都可以不愁吃穿，但是這種船的動力就不足讓你換到大牌，升遷也會比較慢，就得看你取捨，所以我是建議你一開始就能去大船，步行船或者是起重船，或者是先走遠洋商船，再回來，比較好。

阿清把廚餘放入盤子，走到戶外，一打開門，阿清的狗就向他奔來，阿清順摸著牠的毛，把晚餐放到牠眼前。外面的風涼涼的，阿名走到門外發現月亮很清晰，很乾淨。是啊，因為今天中午發現天氣很好，天很藍，所以現在月亮才如此清楚，他想。並且也想起，臺中租屋的地方，看見的月亮都很小顆。

最後，他聽熊說，馬哥先帶著生氣的老婆，到苗栗夜市散散心了。

阿清把可樂、洗衣粉、浮油以及魚皮殘渣倒入空地旁邊的水溝，裡面有水，不太乾淨，水體白白的，有股奇怪的味道，這是魚皮湯，他說。所以你真沒收入了喔？阿名問了今晚最想問的問題。阿清點頭，說，反正到時候缺錢，就再回去風電大船上工作就好了。

「唉，我也不知道怎麼跟你說欸。」阿名嘆了口氣。

「不知道怎麼說就算了啊，先喝。」他倒了一杯高粱。

「沒有冰塊啊。」

「冷凍櫃有，去吧。」

阿清原本還想說可以開著他的車，去哪裡兜風一下，結果變成兩個男的在這裡喝高粱。阿名說，喝多一點，就會像是在開車了。阿清說，在船上訓練過，海上不暈，陸地上也很難喝暈。喝喝喝，再說話，他說，結果自己杯子也拿不穩，狗舔起冰塊，阿清把牠趕到旁邊。

「那麼會幫別人找工作，為什麼不給自己找一個啦。」阿名說。

「找你一個卡稱啦。」他說，「你這樣工作有比較好嗎？」

「至少老婆可以閉嘴。」

「我沒老婆小孩，牠自己就會閉嘴了。」阿清又從酒杯拿一顆冰塊給狗舔，哥哥阻止他，要是狗舔一舔舔醉了，腎衰竭就死了，自己小時候唯一養的那隻狗就是被爸這樣弄死了。兩個人精神特別好，好像怎樣喝，都喝不醉。

「喝不醉到底是好事還是壞事？」

「別問那麼多才是好事。」阿清說。

「你不怕錢不夠用？跟爸一樣？」阿名問。

「怎樣才夠用？」

「出事了，我也救不了你喔。」

阿清眨了眨眼睛，彷彿在思考這句話，良久：「你擔心你自己吧。」

就像是主動召喚出惡魔一樣，遠方傳來震動的聲音。窗外早就全部暗了下來，電視節目剛好停止，阿名的眼睛已經閉上了，聽到這個熟悉的震動聲，整個人突然跳起來，視線的邊緣，流理臺上，手機震動。因為臉書上，老婆一定發了一大堆罵他的文章，不看也罷，拿遠一點。誰都沒有說話，阿名緩慢地走向手機，拿起手機，看著螢幕，遲疑了一下，才滑開，接聽。

想也不用想，那一定是他老婆。阿清思考著。上一次和哥哥長期相處，是在父親病危時，兩個人長期地在臺北相處。兩兄弟見面，也尷尬，不知道要做什麼，當時的相處，真的太唐突以及刻意了，因此，兩個人都下載了王者榮耀打手遊。打打打，打到父親火化時，兩個人離開臺北後，才永遠沒打開遊戲。

「嗯——，好——，嗯——。」哥哥扶著手機，縮在角落。

阿清打開王者榮耀，裡面寫著，請下載資源。

今天早晨心情特別輕鬆，阿名走到阿清旁，看到狗正在舔他的手。摸了摸牠的頭，便跑去尿尿，順便洗了澡。洗完澡之後，又在沙發上滑了一下手機。他看阿清還沒醒來，於是從阿清的櫃子裡，拿了一袋塑膠袋，去幫他買早餐，順便幹走他的機車。

港邊的海鮮粥響應環保，不知道老闆娘又聽了她女兒什麼，總之拿塑膠袋裝塑膠袋裡面的粥，折五元。天氣很好，海濱野狗群聚，在堤防悠閒地散步。下棋、讀書、為孩子與妻子生活。這就是他一生的全部吧。

昨天那通電話裡，小初問，你在哪？他說，我去找妳嘛。小初說，你這樣太累了，沒關係，我想知道你平安就好。

「我平安啊，妳平安嗎？」他問。

「我有點想念你。」妻子說。

他當時有些啞口無言。原以為會再次受到斥責，但並沒有。

「說點溫暖的話吧。」

「對不起。」他說。

「對不起不是溫暖的話。」隨後，電話那頭便傳來長長的哭泣聲。時間彷彿停滯，一如從他眼眶流下的眼淚，但他也不敢哭出聲音，哭也是一種回應，他不希望，因為自己哭了，而打斷妻子的哭泣。兩個人約定，明天下午要在苗栗車站會合。

兩兄弟吃早餐，不知道是不是昨天就把所有的話全都用盡了，阿清顯得非常沉默。清粥裝著魚片、小管，燙得很。清晨的房子，安靜以及吹氣聲，擠滿了所有的空隙。阿清抬起頭，拿著手機新聞說：欸，南方澳大橋斷了。影片裡面，巨大的斜張橋突然脆弱斷開，坍塌。

太可怕了，阿名留下簡短的感言，繼續吃著粥。阿清養的黑狗叫了起來，遠方也傳來許多狗叫聲。一起一落、一起一落。「我今天也要離開這裡了，去整理以前的房子。」阿清說。

「爸爸留下的？」阿名問。

「我偶爾會去打掃。」阿清說。

「那我載你去車站。」他說。簡單拿走洗澡的衣物，錢包鑰匙，便離開了這間小屋。

「要買伴手禮嗎？」阿清問，看著路邊的肉乾名店。

「好像老婆也喜歡這種肉乾，檸檬口味。」

兩個人到店裡面買了肉乾，阿清先幫忙結帳。阿名與阿清道別後，獨自開著車，從國道往北，去苗栗與妻子會合。而阿清搭上了自強號，一路回臺北。

火車上阿清睡著又醒來了三次。

每一次醒來，他都以為自己還在船上。

大概在中壢站左右，遇到大量的旅客。阿清在背包找了找耳機，發現被壓在檸檬肉乾底下，心想有點餓，便配著路上買的咖啡，把檸檬肉乾吃下去。找了找阿名哥在車上播放的兒童聖歌合唱團，但無論如何都找不到，也許真的太冷門了，竟然連網路上都沒有。很難想像有任何音樂是沒有被網路形式保存的。

找了大概一小時，火車便到站了。他在附近找了一個快捷旅宿，收到老闆的通知，要在下周五前準備好到南非，到時候應該會滿船出去。阿清把訊息滑掉，群組內都在討論南方澳大橋附近，那艘被壓在橋下的漁船。他不敢看相關新聞，只看到標題就趕緊滑掉。

群組裡突然聊起工時，有個不知道是剛畢業的毛頭，還是只是白目仔，質疑說，為什麼可以工作超過十小時，根本不符合勞基法啊。三副匿名鳳梨跟他說，船員是用船員法，沒在鳥勞基法的，我在職的時候是實領到手三萬四千八百九十，加伙食二百一乘以三十天，然後沒出海獎金，每天十二小時，而且多上一周也不是一點五倍薪。小毛頭沒有回答，其他人則是附和，船員開始減價了，去年還沒那麼多商船的人下來，現在大家搶破頭，政府應該管管。

接著就陸陸續續有人開始丟問卦，聽過峰達海運嗎？斯密特焜陽船長薪資？聽說國際海洋出去一次六千，旺季做兩周休一周。匿名老狗頭貼的人說：「國際海洋不好。」

三副鳳梨問：「你不想去嗎？」

「有更好的地方。」匿名老狗說。

「很棒，有其他吸引你的地方，指條明路吧。」

到紅燈結束前，老狗都沒有再鳥鳳梨。

阿清坐捷運，經過了地下道，走出站，外面是零落的賣著口香糖的人，專門抓著等紅綠燈的人推銷。阿清走到計程車等候區，上了車，請他到永安街，計程車司機說好，扔掉手上的菸，關上窗戶，並且請他繫上安全帶。在人很多的狹窄街道穿梭時，他發現，所有的臉，都有著夜鷺的影子。

下車後，爬上了五層樓，翻了翻口袋，幸好，有帶鑰匙。鐵門發出了熟悉的聲響，那是他和大哥兒時的回憶，他想起來，父親過世之前，每天扶他下樓梯的日子。要是沒有回到這裡，阿清也許根本想不起來。房間內該賣的家具都賣了，走到父親的房間，打開幾個垃圾袋，看了看也都沒有房屋相關的資料。

坐在木板床上。阿清突然感到飢餓。

於是到小七買了一組四十九元組合餐，很懷念的味道，父親常常買給他們吃。阿清買鮪魚，鮪魚口味是最穩定的口味，因為無論你到何處，吃到的鮪魚口味一定都是一樣的。手機震動，阿名傳來的訊息，他傳來一個連結，那是一個封面是十字架的專輯，原來真的有喔，播著手機音樂，一面把手上的御飯糰吃完。

大概過了一個小時吧。

門鈴突然響起，阿清深感疑惑，心想，誰會來呢？闖空門的人嗎？隨手找了一根木棒，並且透過貓眼看向門外。不過門外什麼都看不到，因為春聯恰好擋住了貓眼的位置，無奈之下，只好先打開內門。欸！門外是樓上的阿伯，他穿著一身休閒服，問說，回來臺灣了啊？「對啊，來家裡整理整理。」

他笑著拍著阿清的肩膀，彷彿他還是小孩一樣說：長這麼大了啊。

「欸，那個聲音是？」他問後面的聖鈴聲。

「我在放音樂啦。」阿清笑著說。

放在床板上的手機響了，阿清趕緊去接。畫面上是一個沒看過的號碼，阿伯舉手示意，準備要離開了，阿清也對他揮著手，關上鐵門。

電話那頭是 Sheffield，一間相當有名的獵人頭公司，因為在臺灣合適的船員少，需求多。他們問，有沒有興趣跳到 WPD 業主下包的 Sapura，母船不一定，但是月薪可以高。阿清想要找筆記下他說的資訊，發現都沒有任何文具遺留在這個屋子了。

最後阿清打開手機的筆記本，並開著擴音。

獵人頭公司的業務的聲音在屋子裡迴響著，手機每打一次字，就會嗡嗡、嗡嗡地響著。

二〇二〇年

三十二歲之後，二〇二〇年，組成了我生命大部分的元素，那也就是巨大岩石剝落後的空洞，知道嗎？那是我第一次知道這樣的感覺，無論丟什麼東西進去，全都換來空虛。我打電話給自己的弟弟，阿清，然而，他說現在他被防疫政策困在船上，得要二十四小時接著輪，並且不能下船。我相當生氣，激動地對他說，幹，怎麼可以這樣！指揮中心這樣是搞人過勞吧？阿清說，我也很怕染疫，船上外國人多，港務局沒辦法，只能聽衛服部的，況且之前有個人偷溜出去，上新聞，我們就被超前部署，連船都不能下。

你呢，哥。阿清問。你找到房子了嗎？

暫時住在旅館。我說。

接著電話那頭就是長達一分鐘的沉默。去年底，事情發生得很快，在兩個月內，我被打得很慘，枕頭被割破，我求饒，唯一的印象是，我向拿刀的前妻求饒，求她饒過我。像是賊一樣，落荒而逃地離開那間小公寓，如今，我只能用很空泛很空泛的結果，去回憶這整個事情。我不知道，溝通吧——我，我根本不知道她忍了這麼久。

又說了一遍。我又把一樣的事情說了一遍。阿清說，我聽下來，你丈母娘那邊問題最大，丈母娘要當小三，女兒要維護她不打緊，還要送錢給她，怎麼活啊？你根本沒錯。

我不知道，要怎麼完全回憶整個過程呢？我想，阿清現在最想知道的是所有發生的事吧？但我又要怎麼鉅細靡遺地說所有的情況呢？短暫失去說話能力的時間有大概半個月，同事阿光哥跑來幫我，在他狹小的轎車裡面，我踩著喝光的茶裡王空瓶，才有辦法說出自己的經歷。當然，第一次的版本與往後無數的版本，都有經過我變造而不同的地方，為什麼會不同呢？有時候我把前妻講成一個天使，有時候，又變成了一個神經質的想殺了我的人。每當有人問我發生什麼事的時候，我不得不，又像是再撒一次謊一樣，拼湊不完整的細節。

該怎麼辦？

那天晚上，變了個形貌的林彩初，我只記得從車門下緣，看見她眼睛反射出無限的怒意。我想說點什麼，但是什麼好像都說不了。

因為喝了點酒，身體非常的冷。

我和她隔著擋風玻璃對望。

警察大概二十分鐘抵達，我們兩個人都盡力爭辯，一個在車外，一個則是把頭探出來，大聲爭吵。一開始，林彩初就說，趕快把這個人抓走，他是酒駕犯，快。

「你有喝酒？」警察彷彿問著有沒有帶打火機一樣，眼神一副你真的惹火老婆了，帶著深意問。

「她剛剛想殺了我和小孩欸！」我說，「你看這車撞成這樣！」

警察走到車前晃晃，露出了有些讚許意味的表情，這時候，林彩初拿著手機，問說，「你到底要不要抓？」

「小姐，等一下，還在釐清嘛。」警察說。

「好啊，等你慢慢釐清，我開直播給大家看。」

「唉，好吧，你們兩個都上車吧。」警察嘆氣，並且說，「行車紀錄器記得拔下來，回局裡慢慢看。」

林彩初作完筆錄後，便直接離開了，而我必須有人保才能走。待了一整個晚上後，上班時間，才輾轉接到電話，阿光哥已經在開往這裡的路上。

回到家後，我看著緊閉的大門，幾乎是以乞求的方式，請阿光哥留在樓下，隨時有狀況可以接走我，才敢打開大門。林彩初、妻子、老婆、小初，所有的形貌疊加在一起，原本能夠盡情地、輕鬆地說出口的話，最後我只感覺，什麼都說不了。什麼都說不了，應該是所有關係最終的終結，沒有警告、沒有恩惠、沒有對抗，古老人類同族的決裂，就是遷徙，並且孕育與彼此無關的後代——不知道為何，我這時候就是只能想起這種遠古猴子的事情。多久了？或者是還會多久？眼前，我只看到，下跪、請她放過我。什麼都不要了，不要修復、不要歸還、不要繼續奢活下去或者做出任何約定，我滿腦子只有我該如何繼續活下去的想法，而最重要的是，我必須逃走才能活下去。瑕疵品退貨得透過拆卸、退還，就像是亞馬遜網購的退貨品，不會重新包裝、除錯，而是直接棄置。

「那你還留在這裡幹嘛。」

「我收完東西就走。」

拿走了電腦、備用鑰匙、西裝和錢，我逃也似地離開租屋處。一時間，我突然很想要回到臺北和父親相處的那個小公寓，至少，在當下，我毫無方向的時候，無可奈何地腦袋自動與自己的父親做比較。

中年離婚、單親扶養，還有離婚訴訟等著要打。我想。簡直比自己的老爸還要不如。不知道為什麼，想到比火化場空氣還要輕的煙，就覺得眼眶有點酸楚。

阿光哥提議，讓我暫時住在客房，畢竟同單位，坐他的車上班就好。

而我因為精神壓力，暫時無法開車。

他的家裡面有三個小孩，最小的兒子在新光小學，離家近。二女一男，唯一的兒子得要好好照顧，然而普林斯頓小學入學考沒有考好，只好就近讀書。「別看這樣，這間也超級搶，丈母娘老北屯人，也完全看不懂這臺中房子為何這麼貴。」阿光哥說。兩個女兒都已經讀國中，其中老大準備會考，老二則是剛入學，往返補習班，一臺車得要坐五個人，我都感覺自己不好意思。

一天，中午的時候，我說，「我還是自己開車好了。」我和阿光哥說。

「不用怕會麻煩到我好嗎？」阿光哥說，「你開得了嗎？」

我手握著方向盤，老車子剛剛從維修廠出來，三十萬，被割爛的內裝整個換掉。吸氣，又吐氣——再吸氣。不自覺，我的牙齒開始顫抖起來，但我不感覺冷，而是覺得汗水不斷從腋下染濕衣服。吸氣，在幹嘛，就只是開車而已。我催自己，但無論如何都催不動。

「下來吧。」阿光哥敲敲窗戶。

「幹，我都不知道自己怎麼這麼娘炮。」我說。

「抽？」他遞菸給我。

我接起了菸，點燃，血管擴張，頭感覺脹了起來。是啊，我在糾結什麼呢？靠在車上，我說：「我前妻，就直接拿那盒雞精砸我，我正在左轉，方向盤轉到一半，整個嚇到你知道嗎？」

「瘋子什麼都做得出來。」菸頭光芒，頭上的汽車聲音越來越近，不一會，聲音就從地下室駛離。

「啊，我突然想到了。」我說。

「想到啥。」

「為什麼之前一直沒記起來呢？」我說，「撞到護欄，我趕緊下車的時候，前妻卻一直不出來，車頭凹下去，人行道刮破車底，然後她在裡面叫警察，對，警察就是她叫的。」

我們抽完了菸，回到他的車上，開了窗戶，把菸扔在路上。有時候我會問自己在想什麼，或者是為什麼會變成現在這樣。更多時候，我明白早就陷入常見的，解離自我又譴責自我的迴圈，也許蔡雅新這時候會問我說，你是不是其實很混亂。不過，這個狀況我誰都沒有說，只讓我最熟的朋友和弟弟知道。

盯著停在路旁等紅燈的機車，我想，其實什麼都想不了。

從梧棲辦公室開回北屯的路上，這條路經過了無數次，不過萬分沒想過的是，自己竟然連車都開不了了。

我們回到阿光哥的家。

在他家裡，我占了一處和式的棉被間，有一點家庭的霉味。晚上時，我們會在一樓下沉式空間的餐桌間吃飯，不知道當初這個透天是如何設計的，總之，吃起飯來感覺很像是在防空洞吃飯。

大概數周，我記得是四月初，自己就能全數記得他們一家人的習慣了。

大女兒張旻琪是國三生，準備要參加五月十六到十七號的會考，現在正在考試壓力中，很常晚餐吃一吃就躲回房間，應該是和同學在聊天打屁，紓解自己的壓力。

二女兒比較喜歡玩，有一把自己的吉他，常常和國小的弟弟晚餐後，兩姊弟一同看民視的鄉土劇，叫多情城市吧，我也沒搞懂他們怎麼養成這個興趣的。

二女兒叫作雅雯、小兒子叫作宥霖。

有時候，晚餐結束時，我會跟著他們兩個姊弟去遛狗，流了滿身汗，和他們坐在小七門口喝飲料、滑個半小時手機。

在他們身上，我會不會用自己的方式，也一點點影響他們呢？當我這樣想的時候，時常會記不起來，自己的兒子叫什麼名字。

孩子們適應力很強，並且不太會具有領域觀念，不知道為什麼，相比之下我和阿清這對兄弟，反而什麼事情都分得很開，遊戲、衣服、洗澡的時間，以及對於自己的活動空間，現在想想，我那沒多少主見的父親，也過了沒多少生活空間的二十年。

這樣也可以憋得住，我在便利超商不小心笑了出來。

「回家！」狗起身，宥霖跑在前面。姊姊雅雯跟在他的後方。

孩子都想要試探邊界，等紅燈時，他們都站在路緣石的邊邊處，想要衝。把他們拉回黃磚道時，我都想到，當時紅燈左轉如果撞到人，我會比現在更慘？還是更好？

「狗大便了。」他們稱自己的寵物狗為「狗」。至少有數十種稱呼，有時是夠，有時候叫作喂你這隻狗。姊姊是監工，叫弟弟用塑膠袋抓起大便，弟弟則是不耐地說，又我。抓起的大便，我都叫他們扔進橋下的水溝，至於水溝的真正的名字，其實我早已喪失探根究柢的心情了。只是某次被弟弟宥霖逼著查這條狗大便溪叫什麼名字。「水槍汴分溪。」我說，弟弟他聽不懂，水槍大便？我就拿手機給他看。小朋友為了看得更仔細，就拿著我的手機往他更靠近，我都懷疑這屁孩到底有沒有洗手，還污染我的手機。看了他也還是不懂——的確嘛，水槍大便溪比水槍汴溪還要有趣、自然得多了，我甚至想要建議我的水務局前同事，請他們趕快把名字改一改。

四月自然而然地到來了。每天早上，我都陪屁孩等校車，清晨六點兩姊妹會一起走路去上學，快的人等慢的人，只是二女兒總是覺得自己等比較久，常常會催促她姊。而上小學的宥霖等待的時候，常常會睡著，想要問數學題目——考我的數學能力是他的娛樂來源。我會一邊算四位數加減給他聽，一邊目送他上校車。這是日常的部分，也是組成我的三十二歲，人生光景的全部，睡的時數更少了，習慣上班，所以有精神時就很有精神，而很累時反而會累到睡不著。

「三十歲到四十歲會過得很快喔。」阿光哥說。

坐在他的車內，我不禁感覺這個年紀比我大一輪的大哥，有點像是父親的疊影。

「那你現在呢？」我問，「時間變得比較慢了嗎？」

「這什麼無聊的話題啊。」阿光哥說。
「明明就是你自己先講的。」我反駁。
「絕對是更快了。」
「畢竟小孩正在高速成長嘛。」
「不是欸。」
「不是？」我問。
「因為我開始打羽毛球了。」阿光哥若有所指地說，我完全搞不懂阿光哥在賣什麼關子。這天處理了很多事情，先是我們這科的業務增多了，先前要補強電網的案子開始進入發包程序，二來是午休的時候，聽見了高雄港東方海外公司入港時候，引水人出了問題，導致整艘船撞到起重機整個倒塌下來。從文字上來看，就是感覺冷冰冰的敘述。

高分監控中心報告：「本中心接獲航管中心通報，東方海外公司所屬貨櫃船『東方德班（OOCL DURBAN），總噸八六六七九，總長三百一十六公尺』於十一時二十一分由二港口進港欲靠泊66碼頭航經70號碼頭時，因不明原因有偏航現象，雖經航管中心緊急通知船上引水人未回應，致碰撞70號碼頭『永明輪（總噸三二七二〇）』船首及岸上計有四座橋式起重機之其中一座GC8倒塌後碰撞鄰座1臺GC6起重機嚴重受損（合計一座倒塌，一座嚴重損壞未倒塌），造成GC8橋式起重機駕駛一人受傷已救出送往阮綜合醫院，另GC6橋式起重機上保養維護人員兩人受困，目前已救出無受傷。『東方德班』輪已於十二點完成靠泊66號碼頭，後續再報。」

根據群組內的影片，港務局的人、工人們，像是小螞蟻一樣瘋狂地快速向安全的空地跑。

貨櫃如同樂高，而大船就像是想要看清物理運動原理的孩子，緩慢地把一切都推倒。

殘忍就是這一回事吧。我想。

現在還不殘忍。

看了影片，有人問，上面有人？旁邊的人回答，對啊！有人啊。蛤，上面有人欸，那怎麼辦呀？我聽到這裡的時候，才感覺殘忍。看到貨櫃慢慢倒下、翻滾的時候，竟然是療癒舒服的。也許有什麼毛病吧，我想。「好療癒喔。」幫工程司強哥說。幹，竟然有人真的說出來了，我頭皮感覺一陣發麻。其他人接著強哥的話講，普悠瑪的時候，比這個刺激多了。幹你娘，你會下地獄。你幹嘛笑，你也下地獄。

喔喔，原來是這樣啊。

午餐時間，大家的漢堡都吃得差不多了，剩下薯條、大杯可樂的時間。通常這時間的話題，都會比較殘暴一點，上次還在聊某個女同事為什麼感覺四十多了，卻花錢花得這麼省，明明沒結婚。也許在養小白臉吧，旁邊的人說。我把這種吃著殘餘、軟爛薯條的時間，稱之為垃圾話時間。也許是受我的第一任女友影響吧，關懷與同理，我總感覺不自在，不過，如果是罵髒話跟笑，我還是可以的。

我會感覺這是她的詛咒，蔡雅新明明用不到這些情感，為什麼要這麼在意這些呢。但是，彷彿此刻我也能想像她坐在娘家的餐桌前，笑著說話的樣子。

「羽毛球，打嗎？」阿光哥說。

「我沒有拍子啊。」我說。

「借你就好。」

我們到了球館，寥寥幾人，看不太到有多少人。幾個人停下手上的動作，向阿光哥打招呼。「人這麼少嗎？」「怕啊，躲在家裡不敢出門。」畢竟也是，整個場地內人們也是零零落落的。「新同學啊？」「你們好。」我向他們揮了揮手。打球時，我感覺得到他們刻意調降難度，四個人打雙打，我因為很久沒有運動了，原本以為打得到的肉包球，全都揮空，還跑到大腿都快要抽筋了。休息下場後，球館又能聽見殺球的聲音了，球速也明顯變快，要是我還在場上，八成會被打到臉。

「有多一瓶水，你要嗎？」有位紮起短馬尾的女生問，看起來是已經很熟的球友。我應聲說好，畢竟沒有運動的習慣，連球衣都沒有，襯衫都濕了。

那女生說，她自己也離過婚，孩子自己養，沒事情的時候，就把孩子給自己的爸媽，偶爾這時間來打球。我一邊喝水，一邊聽著她的事情，阿光哥八成把我的事情全數交代給他的這群球友們了。

被陌生人關心會有厭惡感嗎？其實還好，某種程度上我還滿能感覺到被關心的平靜。

「其實你可以說出來啊。」阿光哥說。

我們在市場附近的熱炒店吃晚餐，眾人都換下衣服，重新穿回上班的襯衫，這使得我有一種上班族聚會的錯覺。

「嗯……或許我還不習慣說吧。」

「沒關係，我們都會幫忙的。」綁著短馬尾的女生已經放下了頭髮，她叫婷恩。其中還有喜歡打球時亂叫的曼璇、只要聚餐就會出現的冠杰，與單打比雙打還要厲害的魔鬼剋星，沒人知道他的真名，也許認識久點他就願意說了。

我們最後都開了酒，吃了大概五千多。哪裡來的熱量哪裡補回去。也許是今天特別嗨吧，最後我把微醺的阿光哥丟副駕駛座，我載著他開車回家。雖然沒有喝，但是總感覺，已經能夠多少開一點車了。之前酒駕時，根本不知道自己哪來的狗膽敢開，我喝了酒到底為何可以壯膽。想到這件事，突然也覺得自己不太需要同情，油門彷彿跟鉛塊一樣重。

「還是停路邊好了……」我對不清不醒的阿光哥說，兩個人搭計程車回家。

回到家門，兩個小孩一臉期待地在門口堵我。

「要散步嗎？」宥霖問。

「我剛剛才打球欸……」我說。

「走啦，走啦。」宥霖拉著我就走。

那天晚上，風很涼。我感覺到終於找回了一點生活重心，而非每天都想要睡覺，那個渾渾噩噩的生活，一到睡前，卻捨不得睡著，一直刷著Youtube影片，直到開始介紹深海屁魚的故事的時候。

我們繞去買了球衣，請老闆配羽球拍給我，他開頭就問，你要哪一種的，有分很多種。我說，越輕的越好，今天甩得我手很痛。輕一點，不會累。

二〇二〇年中，約莫五月開始，連球館都封閉起來了。我們雖然也怕得要死，想要透過里長問有沒有打疫苗的扣打，但是，連課長都焦頭爛額，許多會勘都辦不了了。廠商在Line問，工人怕得要死，怎麼辦，還要做嗎？我們只好學前人講瀟灑的話——負起責任、確實檢討。出差還是必須的，有時候，我們抵達了彰化開閉所附近，確認用地事宜的時候，都感覺久違地透了氣。

在空地，我和阿光哥會拿起羽球拍，偶爾揮個幾球，動動身體，順便聊天。有時候，線西的工業區臭味飄過，我們就會草草離開。否則，我們通常打個幾球，回頭去三井買飯外帶。

「基測怎麼辦？」我問。

「現在好像不叫基測了，但我也搞不懂。」阿光哥說。

「會延期嗎？」
「聽說不會。」阿光哥說，「但不能陪考。」
「你原本會去陪考嗎？」
阿光哥搖搖頭，對我說，「現在我都把這些東西交給我老婆了，管不了管不了。」
「噢，原來是這樣。」
他感覺又想說點什麼，但終究也是沒有說。我只好更專心地接他的球，努力讓他感覺更好打一點。羽毛球會因為風的因素，在球頭變向的時候，輕易地被吹往順風處。挑、切、壓，在這個野地都是不需要的技巧，因為這會讓人接不到，我們的目的，如果可以的話，那便是什麼都不用想、不用說，什麼都不需要煩惱地，一直互相點球給對方。
辦公室、公差、回家。

六月在這樣的循環中過去了，七月也是。天氣逐漸變熱，一年也將要過了一半。

我們晚上的遛狗行程被減縮了，不能到處亂逛、亂買東西。狗看起來也有點煩躁，大便都開始亂撇。家裡面的大姊姊大考的成績沒有很理想，不過，她的媽媽似乎比她更胡思亂想，以至於，每天張旻琪都把自己關在房間裡面，也沒打算跟她媽有什麼更多交流。

大部分我能幫的我會幫，孩子們都算滿喜歡我的，也許是大學時期，很常一段時間家教與課業兩者都兼顧吧，我滿會和他們聊心事的。不太需要下什麼判斷，大部分，鼓勵他們正在想的事情、肯定他們正在做的事情，那方向都不會太錯。只是，互動也僅止於這裡，更後面的，就是他們的媽媽的事情了，我也不敢太插手他們的教育。

小初，我的前妻，與她的孩子，常常出現在惡夢裡。

做惡夢的時候，我會去散個步，讓自己點流汗，回到家裡面，再偷偷裝水，幫他們家的植物澆一輪水。

水流動的時候，我會默念，我也想得到自己的幸福、我也想得到自己的幸福。洗個澡，再次睡著時，夢境就會變好。

羽球群組內都在問，什麼時候可以出去玩；工作群組呢，每天都在交辦新的隔離方法，完全兩樣不同的情緒，緊繃與狂躁。

婷恩與曼璇兩個人假日還是會固定聚會，非常討厭被政策改變自己的生活；冠杰則是有一搭沒一搭地回著訊息；魔鬼剋星則是做起了Youtube料理頻道，每天都在徵求新的菜單。

「能不能不要一直躲在房間內打電動啊？」母親站在自己女兒的門口。

「不然我能幹嘛？」大女兒張旻琪說。

我第一次聽到她如此直接地面對母親的憤怒。我轉頭看阿光哥，他把自己埋得更近手機一點，真的受不了了，他會躲進廁所。

「真的受不了了，我們需要出去走走。」某日，他抱怨。

「真的假的，現在出去嗎？」我問。

「真的快不行了，我感覺再待下去，我也要變得跟你一樣了。」他說，「我感覺自己快要被離婚了。」

「太驚人了。」我說。

「你等我。」他說。隨後，他馬上打了電話，約了群組內好幾個人，非常迅速地，我們的全新的旅程就開始了。行程規劃得很隨意，難的地方是向老婆請假，阿光哥搓著手，結結巴巴向妻子說要出差，不知道為什麼，搞得比向公司請假還要緊張。

出門前，我都能感覺到阿光哥妻子的無奈，假日一次要打三隻青春期的小孩，還沒人可以幫忙。

關上門，我們都鬆了一口氣。

這次同行的人有婷恩、曼璇以及冠杰。車上他們聊著先前夏天原訂要去沖繩的行程，結果這次班機取消掉，非常可惜。我一面聽著他們的交流，對他們彼此的關係更了解，婷恩、曼璇這兩個人在球館認識的，而婷恩與阿光兩個人是大學同學，冠杰則是球具店老闆。四個人彼此都有參加過彼此的婚禮，也對彼此的人生有高度參與，他們不拒外人於界線之外，車子裡面的空間雖然擁擠，但是不會到非常難受。

原本提議要到風鈴木賞花區，開車開到中途，曼璇就一直提到說，這時候有風鈴木嗎？花期早就過了吧？果不其然，車子抵達後只看見褐色的樹幹。冠杰和阿光哥就出來打哈哈——要不然，就直接去新樹花海好了。婷恩則是負責反駁，新社吧，哪來的新樹？

抵達新社之後，找了半天找不到花海，上網一查，才發現花期還是不對，十一月才有向日葵，而現在只有一片土紅色的田。山邊有灰黑色的雲靠近，一直在打雷，最後五個人決議先到便利超商買午餐來吃。

出去玩奇妙的是，原本在生活中，會放在心裡面的種種問題，會開始在嘴邊講，好像突然之間，就有了把問題交出去的動力。

活到這個年紀，或多或少，我們都有一點自己認知上的問題，冠杰這樣講。

意外地，我竟然沒有任何想要反駁的念頭，其他人也對這個說法沒有任何想要反駁的意願。

婷恩說，女兒早就已經把她視為半個仇人了——仇人這兩個字說出來，聲音還特別重。

新社下起了雨。

言談間，我對他們有更深的了解。沒有花海、沒有內用座位，只有下雨，雨的氣味混合著泥土，十分新鮮。我們五個人窩在休旅車裡面吃御飯糰。

我說了自己的事情，大概是從家裡面倉皇逃出去那段吧。說實話，感覺自己只把故事的一小部分說出來而已，更多的是我難以描繪的，至今我也搞不懂我自己的疑問，好比說，我為什麼不去爭取呢？抵抗呢？反擊呢？以及為什麼能夠讓這些事情發生。不過，他們都是好聽眾，沒有打斷，沒有質疑，唯一一次的停頓是我自己停下來了：「這樣講好像大家會聽不懂欸，會嗎？」「不會，你繼續。」啊，但我不知道怎麼繼續。隨後，他們就把話題接去繼續聊，在離婚後，兩邊要如何協商探望小孩的時間，婷恩說，後來才覺得，眼前的事情比較重要了，它總會過去，不會記一輩子的。

喔，這也是規則之一嗎？我想。

傍晚，我們抵達逢甲夜市，冠杰正在大談特談股市的恐怖，隨時都有可能泡沫的情形。我則是和曼璇討論，如果要重新在臺中找好的建案，應該選在哪裡。有時候，冠杰會把未來形容得無藥可救，不過當曼璇問他他要怎麼做的時候，又說自己早就蓋牌，先選擇長期投資了。「雞腳凍呢？雞腳凍呢？」「酸梅湯呢？酸梅湯呢？」阿光哥則是在後面問著，一一把招牌上面的菜名都講出來。

和新的朋友相處，也很像打羽球。

要吊，還是要拉球？因為是業餘，又帶著休閒運動的心態，能夠讓對方接住球——又不至於太無聊，其實滿燒腦並且新鮮的。要喝看看這個嗎？我問冠杰。冠杰拿了泰式奶茶，喝了一口，喊道，好甜喔，現在這個身體撐不太住了，感覺晚點血糖上升就會想睡覺。冠杰拿給曼璇，問她，要不要嚐一口？

幹嘛啊？

飲料倒地。

紅磚的顏色與泰式奶茶非常相近。我轉頭瞄了地板，轉頭看向後面，結果愣在原地，哎呀管那個幹嘛——冠杰說。

欸，我看了三小。我趕緊強裝鎮定，繼續向前走，曼璇則是罵著冠杰，而我感覺腦中正在經歷大風暴。

並不是因為泰式奶茶打翻。而是我看見，阿光哥和婷恩在我身後牽起了手。

十分自然。

哇喔。我第一個想到的，不是阿光哥妻子的臉、孩子們的臉，浮現出來的，竟然是每天都丟下狗屎時，那隻狗看我們的臉。狗，難道你不會自己拉進水溝裡面嗎？但它從來沒有學會過，每次都是透過小兒子宥霖的手將它們捏起。當然，震撼歸震撼，菜販唸佛號，魚還是得照殺，鎮定功夫不可以少。

這一行後，婷恩和阿光哥更正式地「閃」了起來。

我都有點難以分別，究竟是想要演給我們看，還是只是日常對話呢？他們之間感覺更有種默契，心照不宣的氛圍。

逢甲夜市只是點心，晚餐，在民宿裡面我們拿了好幾手啤酒。喊起パラ拳、玩魔爪遊戲，據說是冠杰大學時光的回憶，有點像是反應力挑戰，先猜拳，贏的可以抓輸的人，而輸的人只要成功後退防守，就贏，反之被抓到就輸。

「小聲點小聲點。」曼璇笑著說，但就她的聲音最豪邁。

「我們這是群聚，得要低調啊。」

「難不成會上新聞？」

「連打麻將警察都會抓了，我不想被抓。」阿光哥說。

然而，我們沒有停止，相反地，聲音越來越大聲，張狂、歡笑、調戲、尖叫。像是高中生一樣，把無聊的事情在這夜重複又重複地說了無數次，敬罰酒沒有停止，短暫的沉默發生時，就是有人要上廁所的時候，這時才會讓位，交換風向，坐地板、椅子上或者床上。

酒吧、居酒屋、熱炒店都歇業了，卡拉ＯＫ變成新聞焦點，我們把旅館當成舞廳，最後買起大罐伏特加，兌著雪碧喝。

酒精上頭的時候，會十分想睡覺。睡意襲來的時候，我就會臥躺著，任睡意的眼淚流下，一面對所有人喊著。阿光哥和婷恩的手已經不忌諱地牽著了，牽給我們看。沒有人說破，這裡的人都很善良。欸喝，欸喝，曼璇對著婷恩說。

「你是紅色，要罰五杯。」「我罰！」阿光哥說，他站起來，身體搖晃了一下，又倒在床邊。喝屁喝，都站不穩了還喝，婷恩說，老娘自己來。一口氣就把裝著冰塊的冰桶內的啤酒，一口灌下。這時候，我覺得房內吵到隨時有警察來關切都不意外。

「陳老兄，你看起來還是很ㄍㄧㄥ欸。」冠杰說。

「拜託，我都這樣，但我每次都喝到最後。」我說，「看著吧，到時候不要尿都尿不準，泡在尿裡面了。」

我最討厭別人說我ㄍㄧㄥ了。我也最討厭別人說我撲克臉。我討厭面癱、討厭獨特、討厭假裝在酒會裡面裝個樣。拜託，幹，我才是最懂規則的那個，酒杯裡面通通給我倒滿，我要敬各位，我說。

阿光哥吐了，但那才是開始。吐了代表身體吸收了一部分酒精，也就是說，高濃度的酒這時候不會因為太烈，而被身體反應拒絕，相反地，胃、食道、舌頭，已經失去一部分敏感機制。對啊，這個機能根本不需要。「來，阿光哥跟婷恩，我敬你們。」「行啊。」沒有猶豫，也沒有後退。我們買了數十包冰塊，一次一包酒精垃圾桶。曼璇也打開了帶來的紅酒，因為所有人都快要吐一輪了，我拿起杯子就是豪飲，真甜，我想，麻痺後的舌頭，品嚐出葡萄發酵後的甜味。

冷氣開到最冷。

窗戶打開到最大。

因為房間裡面都是醋的味道了，隨著嘔吐以及新的酒被打開，空氣早已開始發酵。

「幹，有蚊子。」

「開著廁所的水龍頭吧，水好像能溶解揮發酒精。」我瞎扯。

「不行了，我要先洗個澡。」

「你洗不了的。」我說，「可能連褲子都脫不下來。」

「幹，真的欸。」冠杰無論如何，都無法控制自己的手腳了。「不能再喝下去了，快吐了，連褲子都脫不了。」

「我幫你脫啊。」阿光哥說，但手不願意離開婷恩的腰。

「好痛苦喔，會不會酒精中毒而死啊——」曼璇說。

「沒有酒精中毒這種問題啦。」我說，「只會被嘔吐物噎死而已。」

「媽的……」

「脫不了褲子但嘴巴還能喝吧。」我再次把冰塊打開，控制不好力道，整包冰塊撒在地板和床鋪上。好冰，我早就不想睡了，冠杰還在解他的褲子，我衝過去把冰塊塞進去他的衣服內，看他沒反應，又倒了半包去他的褲襠。幹幹幹，去你媽的。他趕緊抖開冰塊。旁邊兩個人則是負責叫，變態變態，但是所有人都笑得很開心。

天還沒亮，但天又彷彿快要亮。大家都吐過了，精神漸漸也好起來了，剩下阿光哥跟冠杰像毛毛蟲一樣蠕動。我和婷恩與曼璇開始喝威士忌，當然，便利超商買的，沒有任何品味，但那就只是喝。我們從童年最白癡的回憶開始聊，養蠶寶寶放鉛筆盒，放過暑假，乾掉死了；偷老爸的機車去見男友；生了小孩，卻覺得幫他慶生很麻煩；以及無論何時都發現自己永遠都在羨慕別人。當對方說出自己的錯誤時，我們所有人都會咦——欸——地回覆，有時講出太誇張的回憶，我們也會說，幹屁啦。但越誇張通常都是真的。真的啦真的啦。我途中也講過好幾次，我完完全全，覺得自己的婚姻跟自己無關。慢慢變得不瘋了，冠杰在旁邊睡了，而阿光哥則是坐回婷恩旁邊，靠著她撒嬌。天快亮了，我能感覺到。

婷恩問，「你不愛你的老婆嗎？」

「我愛啊，但是為什麼全部的事情都和我有關呢？」我說。

「全部的事情？」

「最大條的是我丈母娘吧，去當別人的小三，我老婆最受不了了。」我看著昏昏欲睡的阿光哥，摟著婷恩，努力地參與這個話題。「但我應該是最無關的陌生人吧，至少說，跟她的娘家所有人，都毫無關連才對。」

「她有要你主持公道嗎？」

「沒有，但她希望我能接受。」我說，「但其實我只覺得噁心而已，沒有別的想法，就只是沒辦法接受。」

「不能接受的話，不要看不就好了嗎？」

「是啊，本來應該這樣。」我說。

「但你沒有？」

「我嘗試了。」

「結果呢？」

「似乎不要看和冷漠，兩個是不同的事情。」我說。

「所以？」她問。

「應該要說點能夠溫暖的話，溫暖對方。」我說。「但我說不出來，只能選擇不看。」

婷恩摸著阿光哥的頭髮，沒有接下去。阿光哥也徹底陣亡，倒在床上了。我們聊著彼此的孩子，我說，至今對於孩子最震撼的事情，是某一次兒子在學算數的時候，是把我跟妻子算成一個人的，不能分開，也共用同樣的世界，如果我有手指，那也是我和妻子加起來的二十根手指。

「我想要我的女兒恨她爸。」婷恩說。

「有成功嗎？」我問。

「不如說，她更想逃離家裡了。最後得利的還是那個爛人，這什麼世界。」她說。

眼睛再次刺痛了起來，睡意痛擊著腦袋，全身都在吶喊。好累，我先眯一下。

婷恩點點頭，也隨意地躺下；阿光哥則是輕摟著她；曼璇好整以暇地蓋著棉被；而冠杰則是維持著扭曲的毛毛蟲姿勢，一面大聲地打鼾。

我倒在枕頭上，明明十分想睡覺，但是腦袋卻清醒得一直想事情。

一下子，思考著為何這時候記起兒子的那一番話。一下子腦袋無論怎麼轉，都無法想起兒子的面龐，浮現的一直都是張旻琪、雅雯、宥霖的臉。

怎麼辦，要忘了他了嗎？

眼眶裡眼淚一直打轉。

我也想得到幸福、我也想要幸福，澆花時的咒語，腦像是定神念經的和尚一樣，反覆地告訴我。

啊，我也想得到幸福。

光芒刺痛了我的眼睛。

陽光，早晨八點的陽光。眾人甦醒，交談，生活。

不存在等待睡眠的早晨，陽光不是為了睡眠存在的；在夜晚吵醒了人，需要感到愧疚，甚至觸法；但是白天可以任性地喚醒一切。

啊，我也想得到幸福。不知道向誰祈禱，我想到奧夏子。她也有自己的幸福了嗎？奧夏子，妳這麼努力，有得到回報嗎？

啊啊，好亮。我把棉被遮蓋住臉龐，腦袋逐漸變熱、變暈。

隔絕氧氣。

這樣應該可以睡得著了吧。

二〇二〇年九月，我打電話給阿清，問他老爸留下的房子處分了沒有，阿清說沒有。我便回去了老家一趟，說實話，滿不習慣所有人都被逼著要住在樓上樓下都聽得見彼此聲音的大樓內，但沒辦法。另外，這一趟回去我是開車回去的，順便整理一下舊屋，開車才方便。

在國道上，我接了幾通電話，荷蘭廠商 Heerema Marine Contractors 的 Aegir 在施工的時候，發生了滑椿意外，簡單來說，就是兩百四十噸重的基礎不知道為什麼，在打樁階段，脫鉤滑入海內。這件事情的後續就是工期問題。重新壓縮到未來二〇二二年到底能不能實現基本的政策牛肉。不過，我覺得，找我也沒什麼用了，隔月，我請了長假，暫時離開了梧棲，想要回去臺北整頓。

離婚調解上，我終於重新見到小初。

她第一句話說，「很遺憾我沒帶你兒子來，她在我媽那邊。」她笑著，彷彿想看我生氣。

我說，沒關係，就先坐在法院調解室椅子裡面，等她的律師到。

施暴的部分，我沒留什麼證據，但基本上她隨後傳來的恐嚇訊息也夠用了，想要煮了小孩，殺了我，也沒關係。我想，這也算一種信仰。孩子的親權，她不肯退讓扶養權，我認了，但要求要賠償金錢。

讓她猶豫一個小時多也夠久了。回到房間內後，她說好。離開房間後，她的律師向我遞名片，也許是看我沒有委任律師來吧，他向我寒暄一下。我問，財務上，前妻都還過得去嗎？小初這時候從洗手間走出來，直接回，反正之前都有規劃，錢，你就儘管拿，拿得開心就好。

聽到這，我覺得很好笑。從法院內走出去，陽光刺眼，害我打了好幾個噴嚏。好短暫。

我看著自己的婚姻，還有每個月的探視權。

打開收音機，奧夏子的頻道早已消失。取而代之的，我每天都收聽股市的廣播，不知道台積電在漲什麼，每天都在上廁所的時間，殺進短線再殺出來。

羽球的配備則是越來越專業，我喜歡上打羽球那種稍微動腦的感覺。

與籃球的力量對抗、桌球的反應與手感不同，羽球滿靠調動與跑動的邏輯。

有時候很近，有時候，怎麼都打不到。

離開阿光哥的家後，我很想念從橋上扔狗屎的日子。定期我還是會和他們見面，最小的孩子開始遇到霸凌，我和他老爸都跟他說，朝對方臉上幹拳頭就對了。而他的母親則是一臉不可置信，把同樣的話，反覆地叫宥霖好好聽著，站好聽著，認真聽著。我和上高中的大女兒旻琪、雅雯都笑了。

準備要離開辦公室的那日。我和阿光哥說了再見，好死不死，我還真哭了。開著車，不知不覺下意識還是開到了線西附近。

沿著臺17繼續前進，會抵達洋仔厝大排分界。我回憶起那些下圍棋的時光，還沒有結婚前，也還沒離婚前，我會獨自在海邊的堤防邊，消磨時光。如今，我的手機裡面早就沒有圍棋軟體，堤防周圍，有臺電的電塔，以及竹架施工塔架，掛在堤防內的道路，而周邊的工廠內的狗依然對著來人狂叫，遠方，野狗們則是張狂地坐在堤防上，並且注視著一切。

風機在遠方，海霧模模糊糊，但肉眼仍然可以看見觀測塔。太遠了，我看著腳邊，兩米高的堤防，外面，就是觸手可及的海。從堤防看過去，就會發現，海只要稍微超過一點點，整片海洋，就會灌進線西、灌進鐵塔內、灌進狗窩。無盡的水，無盡倒入土地。父親，你有看到水沖破的瞬間，對吧？

尾聲

依照兒子對我的喜愛程度，感覺我才是被探訪的那位。一見面的時候，他就馬上從中庭跑出來，一把抱住我。

「好久不見，把拔。」

遠遠的，前妻看到兒子抱著我，頭也不回地就離開中庭。

老實說，我有點被這個小孩的熱情嚇到，去年探視都沒有這麼大的反應，直到今年卻突然把我當作大布偶一樣，一秒也捨不得分開。

男孩子會這麼黏人嗎？我突然很好奇。開車載他回臺北的住處時，他提到暑假作業，要寫父親的職業。我跟他說，以前做風電電網。

孩子要繼續追問下去，「什麼是電網？」

我只好跟他說，「把拔以前的公司倒閉了。」他很苦惱地說，那我的暑假作業就寫不出來了。

這兩年，把原本臺北的公寓租給別人，然後自己偶爾住阿清那邊，反正他也不常回租屋處，人都在海上，當兩光二廚。一部分也是因為，前妻的賠償金額，再加上處理掉臺中北區的那間小房間，有一筆小錢——反正她毀了我，我也只能這麼做了。想到以前我們曾經還規劃一輩子要賺多少錢，何時退休，被動投資的比例應該要多少，就覺得有股苦苦的懷念感。

照慣例，我還是問這小孩子：「上學好玩嗎？」

「不好玩。」他說。

「現在是小班還是中班？」我問。

「小班，每天都要記英文。」

他說，到了大班，就可以選擇要學西班牙文，或者是德文，或者是日文，西班牙文感覺很厲害，以後想要學。

我喔了一聲，心想真的是很變態，什麼樣的鬼幼稚園還要學西班牙文。我讓他背幾個英文來聽聽，結果ＡＢＣ之歌都唱得亂七八糟。噢，我笑著說：「唱得好奇怪。」他脹紅了臉，不唱了。要我就不會丟雙語幼稚園，根本浪費錢，不過錢反正也不是我的。

隧道～好亮～隧道～好亮。

他睡在副駕駛座上，我打開收音機，聽最近一集的股票頻道。經過大溪交流道附近的時候，看到國道斑馬停在避車彎，想了一下自己有沒有做什麼違法的事情。轉頭看到自己的兒子，猛然驚覺靠北，忘了裝安全座椅。

下午到了阿清的租屋處，基本上這邊都被我的東西占滿了，前幾個月還訂了一面六十吋螢幕，拿來看電影。小孩在車上睡了一陣，醒來就拉著我要看卡通。看卡通沒什麼，一看才知道，原來這就是他最近這麼黏我的原因。

內容是交通工具的救人故事，他們都有不同的個性，還有各種奇妙的主題，火災、淹水、大地震，像是他拉著我看的，就是父親很偉大的主題。儘管平常沒什麼表情，但是一到關鍵時刻，就會現身，並且犧牲自己，保全家庭。我偷偷問他，該不會你已經看過了吧。

他說，他自己已經看了快十遍了。

聽到這件事，我第一個想到的是我前妻。被一個三歲快四歲的小孩逼著看這種東西，一定很不爽。

故事基本上是有趣的，不過我也感覺得到這個小孩在某個地方很堅持，又會想用自己的力量，去得到別人的認同。

對了，回到家後，他主動地走到浴室洗手漱口。「把拔，有漱口水嗎？我忘了帶。」「漱口水？」我想了想，說：「我等一下去便利超商買，先用水龍頭漱吧。」他露出一臉不滿的表情，我只好先走下樓，去屈臣氏挑一罐。

好好洗手、漱口，他要我檢查牙齒。啊——

我看了看，看不出細菌，說：沒細菌啦。

下午，我帶著他去遛肋條。他是第一次與狗接觸，比他身高高數十公分，因此感覺很害怕。一進家門，對他吠的也是這隻肋條。我拿肉泥給他，對他說：不用怕，餵牠吃東西，牠就會喜歡你了。彷彿這是什麼格言一樣，他拿著肉泥餵狗。肋條很識相，再也不叫了，我叫小孩摸摸牠的頭以及背。

「對，就是這樣。」

這也是規則之一，我想。

林口的都會公園基本上都是柴犬公園，臺灣人超級愛柴犬。而肋條是一條混了不知道什麼的米克斯，外型上就是黑狗，臉部有點像狼犬，尾巴則是刷棕色的。

一開始，這小孩站在遊樂器具旁邊，就只是看著。

我有點疑惑，他原本有如此怕生嗎？大概過了十幾分鐘，我才看到他願意去加入溜滑梯的隊伍後面。

前一年也是這個狀況，而且，如果遇到逆著玩遊樂設施，或者占著盪鞦韆的小孩時，他會強烈地要求對方遵守規則，對方不肯，雙方就僵持在那邊，等到家長出來對自己的小孩說：他說的沒錯啊，要遵守規則喔。導致我都有點看不太下去。問了群組內，羽球團的大家，討論了一陣子的結論是，這個孩子的「超我」有點太多了，變成警察、道德家、風紀股長這樣的性格。甚至正義觀都有點太過了。

但問題是，這小孩的撫養權也不在我手上，沒辦法只靠短短一周就改變他，我嘆了口氣。不過，好在今年狀況還不錯，他就只是更安靜地排自己的設施，等待溜滑梯時，沒什麼小朋友做出破壞規矩的事情。

或許問題是，太緊張的大人，我想。

如果他真的成為了正義魔人，被其他人討厭，應該也沒關係吧。出了社會水池更寬闊，誰也不管誰，下班吃飯玩玩手遊便了事。要是能夠保持這樣的性格，並且最終長大，也許還會更加特別，最後還能出版回憶錄也說不定。

我坐在公園邊，看著一群孩子把沙子搬來搬去，打開手遊刷刷每日任務。

啊，還沒看股票。我打開證券的程式。

馬哥離婚後，事業也跟著出錯了：「離婚對男人太傷了。」他說。

我有時候會和他一起打籃球，彼此聊一下最近的事業。

他說：「你股票做得怎麼樣？」

我說：「全都套世紀鋼了。」

他抓了抓頭，苦笑說，傾國家之力也炒不了股，太爛了。

我說，縣府裡面收錢的、黑道的一大堆，外商融完資，也該逃了。

接近吃飯時間，有一位很熱情的阿姨，目測五十出頭歲，很親切地和孩子們玩在一起。她指揮了小孩們玩跳船，規則如下，繩子往右，就用左腳跳到另一邊，撞到的就出局。有人顧就不太會發生什麼事情了，我坐在公園旁邊的椅子，照常刷起手遊來，解個日常任務。

他跑過來想喝水，我拿水給他。

「還想玩嗎？」我問。

他點頭。

我就說，去吧。他便跑回遊樂場內，突然間，我發現他跑得很快，比其他的孩子都還快。

手遊的畫面上，停在「強化」、「才能開花」上。

正常家庭吃飯時間很快就到了，父母三兩前來把還在玩的孩子帶走，與親切阿姨揮手道別。很快地，走了第一個小朋友後，陸續也有許多父母把小孩領走，原本看似穩固、可以永遠玩下去的遊戲，就這樣結束了。

「這位爸爸，你的小孩肚子餓了喔。」女性的聲音從頭頂降臨。

一手抓著肋條的繩子，一手滑著手機，瞬間沒發現有人對自己說話。

「啊？喔抱歉。」說出口後，才覺得奇怪，我道歉幹嘛？

「幹嘛抱歉，我開玩笑的，這樣我反而尷尬欸。」

原來是這位善良阿姨，想不到外表看起來有歲數，但卻講話這麼奇特。老頑童嗎？我想，難怪能跟一堆小朋友打成一片。她牽著我兒子的手，走到我面前，小孩子剛放完電，有點心不在焉，見到椅子就想要靠上。

「妳平常都會在這陪他們玩嗎？」我問。

「到這個年紀，就會喜歡跟孩子相處了。」她說。

玩別人的小孩比較好玩吧。我想。

「這是你兒子？」她問。

「對啊。」

我一頭霧水，雖然是善良的阿姨，但也問太多了吧。目測五十多歲，但她的穿著仍然相當年輕，並且，從她的髮型保養就可以看出一二，短髮，棕紅的染色，讓外表看起來十分俐落，也許年紀還更大也說不定。

「請你們吃飯好嗎？」她說。

我們三個人在附近一間日式定食吃飯，她似乎已經很習慣和陌生人吃飯。

桌上的冰水，阿姨請服務生換成溫的。接著說，「我認得你，你是阿名吧。」

「那妳呢？」我終於放棄迂迴，改直接問她。

「我是張怡佳。」她說，「認不得了吧？」

「張怡佳……。」

我一面洗手，一面想著這個熟悉的名字。看著馬桶，水光透明，令我想到了海、想到了潔白的船，以及充滿腥味的甲板。小時候的阿清，在洗澡前一定都會尿尿，父親不在家，從幼稚園開始，我們就自己洗澡。那片瓷磚地板有多少污漬，當時的我可能都數得出來；阿清尿尿有時候會灑出來，我會拿水噴他。啊，張怡佳。原來就是她。為了她，我拿過臉盆甩過我弟弟的臉，捏過他的手，勒緊他的脖子，讓他無法呼吸。

「原來是妳。」我說，「能夠認出我來，妳也是很厲害。」

兒子望著，問，她是誰。

我說，她是你的阿嬤。聽到這句話，張怡佳臉上露出無比幸福的表情。

前妻應該沒有見過我媽吧？這句話一直在我腦中響著。雖說她是我老媽，但感情上跟陌生人差不多，聽她的近況，也是過了很顛簸的人生。交了許多男友，但從來沒有人成為她的老公，受到許多人幫助，也辜負了許多人；因為偷了錢上警局，才遇到了開導她的師父。平靜許多，說話很溫順。

我常在想，究極的平靜真的會來臨嗎？常看到她們的生活，念了許多經，耗費數個小時，研究、念誦，並且交流。對於日課很執著，三本經典的朗誦順序，發音，坐姿。與我完全不同的是，她們仍然積極擁抱彼此，妳好嗎？我很好。

「我愛妳。」兒子說。

「最後一根薯條，真的留給我喔？」

「我愛妳，所以妳可以吃。」他說。

「吃完要記得漱口喔。」張怡佳說。

聽到這個肉麻的話，我感覺頭皮一陣發麻，不禁想起以前立下的誓言，繞來繞去，還是讓這兩個人相見了，要是兩年前的我，還覺得會斷絕一切的關聯，走向完全不同的人生呢。不過，我仍在小心翼翼地觀察他們的互動，會不會對我的兒子有什麼影響。

什麼時候要回家呢？張怡佳問。

兩周後吧，這是暑假約定。我說。她笑著，這個小孩跟你很像，悶悶的，不太說，只在內心激動。兒子看著我們兩個，好像有什麼奇怪的畫面。「想到我可以來找我玩，我就住公園路附近。」她說。

「明天玩！」

他看向我，我看著他。他露出了滿意的笑容。

幾天都是去阿嬤家。固定了稱呼後，兒子對於親人的好奇開始萌芽，有沒有阿公、有沒有哥哥、弟弟之類的。但我決定等他大一些，至少上小學了之後，再和他說吧，既然能在這裡遇見阿嬤，也許哪天也會遇到大伯之類的，反正也許幾年之後，這小孩進入叛逆期，認識這麼多親戚也沒什麼用。傍晚，打電話和阿清說，我見到張怡佳了，電話那頭，他沉默了很久，問說，原來她還活著喔。我相信這是疑問句。

能陪孩子玩的大人很稀少，我能感覺他自己也很珍惜這個阿嬤。

張怡佳住在南勢街附近，一樓是鐵皮搭好的麵糊蛋餅攤，中午晚上賣便當，包了一整天的伙食，她就住在旁邊的摩納哥機車修理的二樓，大片透明窗戶，不如說更像是道場一點。

拿出紙筆，孩子就會安靜好幾個小時。

張怡佳問了他很多話，包含讀什麼幼稚園，有沒有交到朋友。

有時候，他想到什麼事情，也會湊到張怡佳的耳朵旁邊，講祕密。

這樣喔！張怡佳笑著對兒子說。

在道場這裡，他也會認識新朋友。有幾個帶著孩子來打坐的家長，靜修結束後，他們就會分水果吃，等著午後的雷雨停止。

我的工作也變得多了起來。有時候要教教來到這裡的高中生功課，有時候幫忙訂正作文，解釋高中物理。

「這是我們的影片。」張怡佳說。

影片是手持鏡頭，打坐著的師姐，說手合十，禮佛，有些搖晃地站起來，一步一步拍著所有人的頭髮、臉、手，一直到地板上的佛書，佛書上有紅色的符號，歡迎來到直槓卍佛學會；兒子指著問，這是什麼？張怡佳則是說，是阿彌陀佛的意思；他接著繼續問，阿彌陀佛是什麼意思？張怡佳說，是佛教祝福的詞，多念可以積累功德；兒子繼續追問，積累功德可以幹嘛？張怡佳說，可以去天堂，天堂裡面都是好人。

發問、繪畫、遊戲，以及回答疑問，組成了我們的生活全部。

發懶了，或者想在家裡看電視的時候，就不出門。但是，沒事做的時候，就把他帶到張怡佳那邊去。

當然，過程中有很快樂的時候。趁我出去抽菸的時候，兒子幫我寫了睦親卡，不知道為什麼，我只希望趕快死在當下，最好馬上就死，不然不可能再感覺到幸福。

沒死成。

「世界上最好的人是爸爸」，卡片上面寫著。

「有什麼想要跟我說的？」我問。

「我愛你。」兒子說。

「說一次不夠吧？」張怡佳說。

「我愛你我愛你我愛你我愛你我愛你我愛你我愛你，爸爸，我愛你我愛你我愛你——」

我和張怡佳兩人沒有任何共通話題。但不知道為何，我感覺，以後可能會有，想到此，便覺得自己仍然是一個樂觀的人。

「有棋盤嗎？」我問。

張怡佳點點頭，說有，並且從櫃子深處，拿出棋盤以及一套黑白棋。

天元、九星位、角、邊、中腹。從以前學圍棋到現在，都是想著和人對弈，然而，看著自己的兒子，此生第一次想要教人的想法卻冒了出來。好難，兒子說，我把棋收起來，然後和他說，那我教你五子棋吧。

第二天，我教他氣，一個棋子周圍的四個空格，代表四個氣，氣絕提子，但可以藉由自己的同伴，延長氣。很快地，他做了一條大龍，從最底邊，往上走，左拐、右拐、左拐、右拐，經過了星位，穿過了天元，抵達了另一邊。氣絕龍死。對啊，儘管一開始就知道這會死，但他不知道，他仍覺得往上，會活下來。

偶爾，我們幫忙佛學會拍片。

雙腳盤起，前方擺著經典，跟著念經。

或者合十於頂、合十於面、合十於胸，三叩九拜。

「爸爸今天忘記拜拜。」兒子說。

「嗯，我為什麼要拜呢？」我問。

「……」兒子思考很久，「爸爸不用拜也沒關係。」

有時候，打開門，裡面只有師姐在，張怡佳不在，兒子也能和師姐們聊得很愉快。關於佛陀的故事、喇嘛的箴言，或者地獄的可怕刑罰，他都當故事聽。我有時候懷疑，張怡佳也許就是個幌子，她不是我媽，只是最新型的傳教人員。阿清說，想多了，她就是那個爸爸口中的媽。

好一陣子，張怡佳都不再出現。我打電話也沒接。

兒子失望了數天，我只好和他說，那我們去公園吧。

他默默地排著遊樂設施，可以從孩子們的執著中看見喜好，他反覆地走上樓梯，穿過了井字遊戲、恐龍公車、網橋，最後在宇宙入口，蹲下、伸腿、推手，從塑膠太空梭出來。如此反覆執行二十幾趟，他漸漸地比其他的孩子，還要有更快速走過那些龐雜的干擾的能力，找到轉彎處可以超車、溜下來後，縮起腿可以馬上站起來，因此，其他的小孩玩一趟，他能夠玩二到三趟。執念，我看著他，想著這兩個字。手上的手遊，也因為反覆遊玩，刷了一個月的素材，用來才能開花的寶石，在前幾天點下升級之後，剩下三塊了。

天空暗下來，帶走了孩子，也帶走了玩樂的笑聲。不過他似乎從頭到尾，也沒有尖叫、大笑，只是專注地看著滑動的身體。流了滿頭大汗，便跑過來喝水，直到我也感覺飢餓，才帶著他離開。

孩子是習慣離別的動物。這天看見的玩伴，可能明天就再也不會見面；小朋友間的承諾，優先度永遠低於父母的要事；每一次到新的遊樂場，就是新的離別。大部分孩子也不擁有手機，因此，自我與交友，都是一種額外增加的外掛，那是不會增長，用來剝除與加裝的裝置。

「會不會覺得沒人一起玩很孤單？」我問。

「一個人玩才好。」

「為什麼？」

「因為我也沒有覺得多孤單。」他說。我們開著車，回到了住處，大門打開的時候，燈火通明，這是我的習慣，可以讓他跑進去的時候不會撞到桌角。這兩個禮拜內做了很多事情，我帶他去洗澡的時候，他說，不過，他有點想念媽媽了。

「那我不跟你好了，明天你自己待在家吧。」我說。

他看起來快哭出來，說，不要不要。

很輕，我一把抱起他。來刷牙漱口吧，我說。兒子說，牙齒癢癢的。我看了看只剩下半瓶的漱口水，一整排英文成分的最下方，用*字寫了一句話「與清水相比」。我滿嘴泡泡，看著這瓶瓶子，但是怎麼都找不到什麼跟清水比，是什麼？

「欸你來找，這個瓶子上的第二個*字。」

他身上有泡沫，我則是嘴裡有泡沫，蓮蓬頭的水規律地、節奏地、如音樂地打在地板上。他翻來翻去後，在正面找到一排字上有一個*，寫著「深層清除牙周袋細菌」，整句話連起來代表，與清水相比深層清除牙周袋細菌，他抬頭，一臉茫然問：什麼意思？

我笑說：「就是個沒屁用的漱口水的意思。」

—

最後一天中午，張怡佳的電話終於打來。

鼻子裡面好像一直有蟲在爬。

張怡佳躺在床上，說話很小聲，四周都是忙碌的聲音。隔著牆，也不讓探視家屬進去，我坐在椅子上，想著早上那通電話，張怡佳用朦朧高燒的聲音說，我確診了，能來看媽媽嗎？「媽媽」？這什麼奇怪的用詞，一樓大廳的沙發上，我想著這個陌生的音節。

接到電話後，我匆忙地開始找醫院的地址。帶著兒子開車到一半的時候，突然想到，探病能夠兩個人嗎？就算能夠兩個人，這種四歲小孩帶進去很奇怪吧。車都到了長庚門口，我才停在路邊，開始找哪裡能夠幼托。

「您是要申請臨時幼托嗎？」電話那頭說。

「對，現在送過去可以嗎？」

「現在？」電話的聲音說，「你有申請嗎？」

「要申請？」

「我們活動臨托申請辦法，要於二周前預約，三天前申請，以利媒合喔。並且配合我們臺北市政府各機關的活動辦理一起申請。」對方說。

「那我現在可以先插隊嗎？我媽媽得肺炎，我又是單親爸爸，需要臨時幼托，只能拜託你們政府幫忙了。」我嘗試用一種無可奈何的語氣。

「好吧。」對方有些同情，「如果有未出現的預約，會致電給您。」

掛斷電話後發現問題還是沒解決。

靠北，所以這個臨托是不能臨托的嗎？那我要怎麼臨托？時間已經相當來不及了，還得要進去醫院做 PCR，現在得要趕快找個地方安置這小孩。我打給佛學會，但突然想到今天師姐也不在。該怎麼辦？放車上？但是放車上八成也會出問題，每次想要僥倖過關，就會出意外，酒駕那次也是，我沒這個命僥倖吧。

我看向我的兒子。他在玩自己的手。

眼神無邪，兒子開始玩起窗戶，在窗戶上呼了一口霧氣，在上面作畫。

車子裡面的廣播，開始放著管絃樂的導聆，大學的時候，在黃老闆那邊，經過的無數的夜晚中，我常常會故意待到辦公室空無一人，那時候，我會把耳機拔掉，讓音樂在辦公室裡面迴響。該怎麼辦呢？就讓她死嗎？反正我也才剛認識她而已。我想。

「啊，黃老闆。」我喊出聲。

不知道黃老闆過得如何。

我想起最後一次，在臉書上面看著他們為了政治吵個不停，之前留言又不給他面子，不知道會不會接。撥通了黃老闆的電話，只響了一聲，就接起來了，代表他正在工作，不會漏掉電話。

「喂，哪裡找。」

「黃老闆。」我說，發現自己的聲音因為冷氣變得有點沙啞。「我是阿名。」電話那頭傳來一陣沉默。我連忙補充，我是二〇一一年在臺南事務所工作的阿名，你還記得嗎？那個工讀生。「還記得嗎？不好意思，這麼唐突——」

「你誰？」黃老闆說。「開玩笑的，阿名，我當然記得你，對了。」

「嗯？」

「你幾歲了？」

「啊、呃，應該三十三、三十四了。」

「有孩子了嗎？」

「有，」我說，「今天就是想拜託黃老闆。」

黃老闆人在泰山。前去拜訪的時候，他抱了我，也抱了我兒子，他被抱了後，對著黃老闆說，我也愛你。

回到醫院裡面後，我同時想著這兩個詞語。「媽媽」以及「我愛你」。一面想著，一面雞皮疙瘩就冒上來了。等得十分無聊時，我便拿出手遊來滑。碎片已經湊足，我把公主才能開花。

畫面閃耀、新的衣服、新的武器，以及變得更成熟的眼神。

進入嶄新的階段吧，訓練師！手遊的人物害羞地說著，在醫生出來說病況時，我聽見十分熟悉卻可怕的字眼。被送進來的時候，肺已經纖維化了，並且有肺積水、高燒。目前正在手術室裡面插管，並且根據現在的政策，肺炎患者與探病者，得要隔著呼吸照護病房之外。哇喔，好吧，張怡佳妳會感覺到被遺棄了嗎？

隔著玻璃，我看著母親。肚子餓了，原本想要回車上開車去附近吃飯，但發現只出不進，還得要重新做 PCR，想了一下，乾脆餓肚子。大概到了下午五點，實在餓得受不了了，只好偷偷去問旁邊的病友。雖然他躲得老遠，但還是和我說，地下室還是有美食街可以吃。

地下室的人不少，儘管限制陪病只能一人，但整間醫院還是塞滿了人。只不過，上次進來醫院的時候是前妻生產，與現在不同，當時醫院跟菜市場一樣，如今到處都靜悄悄地說話，每個人都避免跟彼此靠得太近。

吃完飯之後，身體真的太疲累了。我再度回到三樓去看母親，遠遠地看，她身上插著呼吸管，周圍都是機器，看著她時，突然難以想像她開口說話的樣子，那麼，我能想像她死掉的樣子嗎？好像也不能，現在這個樣子，在生跟死的中間，看不出呼吸、看不出心跳，只能藉由機器去證明她還活著。

「我四歲的時候，爸二十六歲。他在雪山隧道，那妳在哪？」我想。

我任意地想著她的人生。

二十二歲就生下小孩，沒有音訊、沒有預兆。離開這個破破爛爛的家庭，妳有得到幸福嗎？做出了這麼多選擇，人今天躺在這，讓我這個沒有相處的人，隨隨便便陪病，妳死了，我也沒辦法為妳哭，這樣幸福嗎？在一樓，唯一規律的聲音是繳費掛號的聲音。就像是鐘聲。

沒有勝利，也沒有失敗。沒有成功，也沒有不成功。沒有三張紙賺上億，也沒有窮途潦倒。儘管如此，我們仍然度過一生後，可以上天堂、可以圓滿、可以涅槃，世界上的所有生靈，並沒有什麼不同。

中途睡睡醒醒，最後，我連隔著玻璃看她都懶得去了。當醫生搖醒我的時候，我感覺，口中乾燥無比，十分想要喝水。當我拉下口罩喝著水，醫生說，你的母親已經往生了，在兩點的時候，她的體溫很高，開始囈語，接著，短暫清醒之後CA，緊急處理後仍然死亡。

「啊。」我突然有點轉不過來。

「那，我可以看她嗎？」我問。

「可以，但要等移除管路。」醫生說。

跟在穿著白色防護衣的工作人員後面，我看著張怡佳的屍體。遺體在負壓病房裡面抽換氣，人員得在門外等待。工作人員沒有看我，但是靠在門邊說，這個要等三十分鐘換氣。我點點頭，沒有說話，晚餐的味道悶在口罩內。我數著數字，棋盤上的數字，從一到十八乘以十八。

換氣後，我和工作人員進入病房。這位大哥把張怡佳的衣服與床單換掉，扔進大橘箱，應該是也要燒的。我在旁邊默默地看著，不知道要如何哀悼，數分鐘後，又有兩個男人進來，以及一個瘦小的阿姨，她拿名片給我，是配合的殯葬業者。他們和我說，請節哀，我向他們點頭。從箱子內拿出屍袋以及漂白水，用漂白水洗手後，密封第一層屍袋，接著用漂白水清潔屍袋外部，從頭到腳抹過一次，向同一方向抹。扔掉布巾後，再次洗手，裝上第二層粉白色屍袋。這次連床也開始擦起，我聽見他們在防護衣裡面呼吸的聲音。

那個瘦小的阿姨說，快點吧，我們讓家屬有時間可以陪伴。

那兩個年輕人沒有說話，默默地加快自己手上的作業。

「請節哀，現在規定要在二十四小時內火化，沒辦法，中央規定這樣，我們也很難為。請節哀。但我們會盡快處理跟清潔，讓你們有時間可以相處一下，可以問你媽媽有什麼信仰嗎？」

「啊……」我不知道。

「還是就照阿姨我們這裡的方式走？」她握著我的手臂。

「好，就照那樣。」

阿姨撥通了電話，而那兩個年輕人仍然繼續動作，將張怡佳推離開了隔離病房，並且套上了推車布套，前往隔離病房的共同前室。棺材抵達，將張怡佳放入黃色綢緞的內部，另一邊的人噴著酒精，繼續將周圍消毒，共同前室內，又來了一個人。「小黃，來。」阿姨帶著這個人，到了棺材前。這人雙手合十，念著經。聲音聽起來很像是女生。

無念無想，最後成為樹。

聽見樹的聲音。

自我圓滿，自我完滿。

奧夏子嗎？我突然想到那收音機上，消失已久的聲音。

棺材封上。

眼淚似乎也封在眼周，酸酸的，無法流下。

從外層隔離衣、外層手套、鞋套脫兩層、內層手套、法帽、外層口罩、N95、鞋套，每一次脫除後就洗手。水的聲音反覆開關，洗手、酒精、漂白水。那個阿姨全身都脫掉後，看著身後那三個人是不是也要把防護衣脫掉，就可以看到奧夏子的面容。那個女生揮揮手，從旁邊離開繼續下一間。

「阿姨我和你說喔。」

「嗯，妳請說。」我說。

「很多人第一次遇到，也是和你一樣，不知道說什麼。」她說，「現在這個病毒，讓大家都在隔離，連來到這裡都辦不到。」

「嗯，所以我很幸運嗎？」這句話說出去有點酸酸的，我說。

「也算吧。」她說，「去和媽媽說最後一句話吧。」

站在棺材前，蹲了下來。父親走的時候，沒有如此清晰看著棺材，蓮花、木紋。當時很多人，這裡只有我。

沒有眼淚，張怡佳，我根本不知道妳的人生，我也不知道妳的信仰，不知道妳愛吃什麼、愛穿什麼衣服、沒有妳的照片，和妳的人生沒有任何回憶，無法為妳說出悼詞，也認不得妳的朋友；如果真有葬禮、真的有告別，那我也許真的不是妳兒子吧，但這裡只有我，靠近棺材，我和她說：抱歉。便從棺材前面站了起來。掰掰。我想。

凌晨五點，封棺後建議逕送火化場，車子搖晃，那兩位大哥防護衣也沒脫，跑完這件，還有下一件，所有人都睡很沉。

還要回去接兒子呢。

拿著母親的骨灰，我想。

回到車上後，第一件事情就是打開手機。手機早就被打滿了未接來電，數百通來自前妻，以及兩三通來自黃老闆，也有一通來自市府的幼托中心。簡訊有三十多封。來自前妻，她說，為什麼不讓兒子回家？你等著，我要殺了你。刪除後，我打給黃老闆道歉。你媽媽還好嗎？黃老闆問。她走了，但她很好，我說。

早上八點半，我抵達了黃老闆家，和他小聊個兩句，看了看時間，前妻又繼續打電話過來，我把手機關機，和他說：「送小孩回他媽媽那邊了。」黃老闆和我揮手道別。

高速公路上，兒子大概在桃園醒來。

「早安。」我說。

「嗯……」他揉著眼睛。

「肚子餓嗎？」

「想尿尿。」

「這裡沒有休息站欸，可以忍嗎？」

「快尿出來了。」

交流道下高速公路，找了一間加油站，抱著他，跑到了廁所門口，鎖著。疫情期間不對外開放。找了全家，廁所也封起來，不能使用。兒子面容扭曲，但是堅持著規則，不能尿出來、不能尿出來。他的表情越來越僵硬，我想起母親，最後變成了樹，變得最硬的時刻，就是死亡了。

「忍一下忍一下。」

「嗚——」

我們找了很多地點，但只要有人經營的營業場所，附帶的廁所都封閉。
「疫情間廁所不開放喔。」超商店員說。
我也沒膽大吵，也許會讓店員心生恐懼，以為我也是拿刀殺人的瘋子。
「快尿出來了。」
突然，我看到大樓的停車場，這種地方通常廁所不會有人顧。我趕緊抱著他跑進去。男廁在二樓，樓梯間，寫著因疫情緣故，本停車場禁止使用廁所，廁所門開著，但是外面拉了一個鬆垮垮的黃色塑膠封條。
我跨過那條線。
「這裡不是不能尿嗎？」兒子看著自己的小雞雞，遲遲尿不出來。
「沒人啊，快尿。」
「這樣沒有遵守規則，我討厭。」
「沒人管啦。」
兒子轉頭看著我，他的清澈的眼睛，在燠熱的廁所中，就像是冰塊閃耀。我看著他，他看著我，我和他說，快尿一尿，要送你回你媽身邊了。他堅持地說不要，他討厭這樣，他討厭打破規則，他討厭打破規則的人。我推他的屁股，更靠近馬桶一點，說，快尿吧，反正只能在這裡尿了。

我不要，他喊，我不要我不要。

我討厭你，我不要。他說。

我看著他鼓著的小肚子。對他說：「你看——」

我壓下小肚子，小孩子的尿液細細地開始漏出。他開始哭，很傷心地哭，我就、我就說討厭這樣嘛。

我和他說，沒關係，尿出來就好。

溫溫的尿液在手上，為了不讓它滴下來，我用另一隻手擦去兒子的眼淚。

後記

書名水中家庭的「水」，是水泥的水。

這本書獻給喜歡名哥的ㄐ。

求道者，得到越來越多東西之後，裡面的東西都被替換掉了。坐在書後面的師父以及作者，給信徒規則；信徒活下去，水有氫鍵連結死亡與養育，人類被他自己發明的規則打敗，遍地都是童稚之人。《流浪者之歌》、《寶石之國》、《海奧華預言》給我很樸質的語言與靈感。

我時常默念，我也想得到幸福。

第一本小說出版後，同時離開新北市水利局，王科長給了我一枝筆，以至於我內心愧疚無比。這本小說，多數在辦公桌前生產，最胖的時候寫到十萬多字，最後割肉還母，剩現在的模樣。經過大多的變造，我把文學能做到最有效率的故事留下來，當然，那些被剔除的並非「規則外」的，只是現在還不需要它們。

如果可以，我想用一條公式來完整這本書：

$\sigma^2 = gk\tanh(kh)$ （Dispersion relation）

死亡太過慈祥，模擬無數次也不過分，所以孩子出世。

孩子養在羊水；孩子養在水泥裡；小孩養在酒精裡。

名哥數自己孩子的手指。

長大後，最能為父親辯護的方式就是指出他的錯誤，毫不保留，鉅細靡遺地指出他的一切。奇妙的是，與以前不同，那並不是愧疚感、錯誤感的動能，孩子毫不覺得他很可憐。有時候，我們看見一個人硬是吃了一整塊水泥說不出話來，誰都無法為他產生同情，他也是。

成為父親的他，也深知自己不可能得到幸福，離散方程式說波會變成浪，回到深水後又成為波。所以，父親，沒人聽見你的抒情，也沒人會照顧你，所有的預設都將會發生，你對自己的預言終究會實現。你建造什麼，什麼就會擊敗你。

辯護詞寫滿我要，以及我不要。

而名哥，規則保證他能繼續活下去。小說裡的年份（或稱為時間這種折疊形式）也許有一天，會追上未來的尚未出生的公共工程預演的十年或數十年；那麼，有機會下一本書再見吧。

致謝

感謝幫我看稿、提醒我內文錯誤的朋友們：家彤、文彬、楷倫、寺尾哲也、班與唐、吳佳駿；感謝約莫是二〇一七年，這本小說在非常雛形地階段發想時，高中時就立志跑國際商船的同學廖子熙，給我這些船員的啟發。以及大學室友吳冠緯，給當時還沒進入土木業界的我，有關於當時臺灣顧問公司開始接觸外商的流程，也開啟這本書對離岸風電的探索起點。

也很感謝水利局的吃飯群組內的同事們，每次我都重新獲得勇氣。

當然，這本書得益於過去的所有接觸的家庭敘事，它們都栩栩如生。前一本小說《湖骨》如果說是把被家庭壓裂的再結晶挖掘清洗後展示，那在這本書中我希望名哥是一位二〇二三年的悉達多，流浪在文學無法抵達之處，充滿好奇心地，看著公園裡面嬉笑的青年。

最後，感謝閱讀這本書的你。

新人間叢書396

水中家庭

作　　者—陳泓名
執行主編—羅珊珊
校　　對—吳如惠、羅珊珊、陳泓名
封面設計—廖　韡
行銷企劃—林昱豪

總　編　輯—胡金倫
董　事　長—趙政岷
出　版　者—時報文化出版企業股份有限公司
108019台北市和平西路三段二四〇號四樓
發行專線—(〇二)二三〇六-六八四二
讀者服務專線—〇八〇〇-二三一-七〇五
(〇二)二三〇四-七一〇三
讀者服務傳真—(〇二)二三〇四-六八五八
郵撥—一九三四四七二四時報文化出版公司
信箱—一〇八九九台北華江橋郵局第九九信箱

時報悅讀網—http://www.readingtimes.com.tw
思潮線臉書—https://www.facebook.com/trendage/
法律顧問—理律法律事務所　陳長文律師、李念祖律師
印　　刷—勁達印刷有限公司
初版一刷—二〇二三年八月四日
定　　價—新台幣三六〇元

本書榮獲 國家文化藝術基金會 National Culture and Arts Foundation NCAF 贊助創作

水中家庭／陳泓名著. -- 初版. -- 臺北市：時報文化出版企業股份有限公司,
2023.08　面；　公分

ISBN 978-626-374-162-1 (平裝)

863.57　　112011922

ISBN 978-626-374-162-1
Printed in Taiwan